Sibylle Lewitscharoff
Consummatus

Sibylle Lewitscharoff

Consummatus

Deutsche Verlags-Anstalt
München

Die Arbeit am vorliegenden Roman wurde durch den Deutschen Literaturfonds e.V. gefördert.
Für wertvolle Hinweise danke ich Marianne Frisch.

Marinus Stark gewidmet

Wie fein die Toten hören! Zu einem Riesenohr vereinigt, segeln ihre Ohren am Himmel und überspannen ihn zu weiten Teilen. Was sich von Zungen löst, was sich in Hirnen formt, erzählte Worte, geträumte Worte, Worte ohne Klang, sie alle werden vom Großen Totenohr erlauscht. Es wedelt, es fächelt, es zuckt wie ein Elefantenohr im Takt zu den Lügen, Beschwörungen, Gebeten, den Sirenengesängen, Notschreien, Märchen in den Babelsprachen der Erde, es hört die Tierlaute und den Krach der Maschinen, hört das Uuuijujuio der Gibbons so präzis wie das Huuijui der Kleinen Hufnase, hört das Schwappen der Meere und die dunkle Verzweiflung der Callas. Hört selbst Fehlwörter und schlampig gesprochene Silben, Wörter, die so huschig erscheinen und wieder verschwinden, daß nicht einmal wer sie geboren hat imstande ist, sie zu verstehen.

Es war einmal. Wann immer dieser Satzstummel vernommen wird, rinnt ein freudiger Schauder über das Totenohr. *Es war einmal* sind seine liebsten Worte.

Es waren einmal ein Mann und eine Frau. Ein unauffälliger Mann und eine Frau, die alle Blicke auf sich zog, früher heiße, später nur mehr neugierige. Daß sich so ein Mann und diese Frau treffen mußten, um neun Monate lang durch Europa zu kreuzen, ist einer jener seltenen Würfe, die das Leben manchmal in einem geschlossenen Becher ausbringt. Der Mann bin ich.

Ich. Dem Totenohr ist dieses Wort ein Ärgernis. In seiner Weisheit verschließt es sich jedoch nicht, zuckt bloß, um seinen Unwillen zu bekunden.

Ich, ein Mann mit kleinem Register für die Tat, mit großem fürs Geistig-Sittliche, homo minimus und homo maximus in einer Haut und nicht zu ihrem Glück vereint. Wohin ich mich auch wende, ich komme von den Toten nicht los. Sie drücken mir aufs Herz und pfeifen in meinen Lungen. Ob es mir paßt oder nicht, die Toten sind immer um mich geschart.

Was für das Große Ohr gilt, gilt für die Toten im einzelnen oder wenn sie in kleiner Zahl zusammenkommen nicht. Ihre Verständigkeit läßt zu wünschen übrig. Es mangelt ihnen an Großmut, sie geben sich launisch oder pathetisch, legen es auf Kraftproben an, die zu ihrem Alter und ihrer Lage wenig passen. Doch man darf sich nicht täuschen lassen, sie sind bedeutend klüger, als sie sich geben. Treten sie in großer Zahl auf, ist ihr Wissen überwältigend. Sind einmal alle, wirklich alle beisammen, so haben sie Gott gesehen und fallen ihm zu.

16	3	2	13
5	10	11	8
9	6	7	12
4	15	14	1

Heute ist Samstag, der 3. April 2004, vom Himmel keine Hilfe zu erwarten. Tiefausläufer bestimmen das Wetter. Langsame Wolken, randlos, weich. Die Erde gleitet fort auf ihrer Bahn, gehüllt in Wetter aller Art. Die Erdmulde, die Stuttgart birgt, gleitet mit und dreht sich mit. Sie ist viel zu klein, um Großwetter zu erzeugen und zu fassen, wie es das Meer kann. Vom Meer sind wir weit entfernt, über unsere Hügel können wir nicht hinwegschauen. Asien liegt schon im Dunkel, bei uns ist es vor drei Stunden hell geworden. Den Lichteinfall dämpfen die ineinandergeschobenen Wolken. Wo ihre Decke aufreißt, fällt schmerzlich Helle ein, da die Sonne aus tiefer Position in unsere Mulde sticht.

Wie an jedem schulfreien Samstag bin ich zum Frühstück ins Café Rösler eingekehrt. Bis auf den Zuckerbehälter und die Pflanze ist der Tisch noch leer. Die Farbe des Tischtuchs ist rosa, ein liebenswürdiges Tantenrosa. Vor mir wallt die Stuttgarter Zeitung wie eine schlappe, mittengescheitelte Fahne auf das Tuch. Eine Zeitung lesen zu wollen, die in einem Bügel klemmt, ist strapaziös.

Andere, größere Strapazen liegen hinter mir. Ich will sie einmal alle nacheinander hernehmen und ganz fein zwischen den Fingern zerreiben. Während ich beim Frühstück allmählich zu mir komme, liegen meine Strapazen schlafend ringsum, unter Kniehöhe, versteht sich. Sobald ich sie erinnere, werden sie geweckt, und ich darf nachkosten, was mir einst Leid bescherte, ohne daß neues Leid von ihnen drohte.

Da wären die Leidsäckchen aus meiner Kinderzeit, noch klein und leicht. Dann das eigentliche Gewicht zerlegt in Augenblicksgewichte, die mir meine Geliebte auferlegt hat. Ich zögere, das Wort Geliebte zu benutzen, meine Freundin war sie nicht, meine Frau noch weniger. Wenn das Wort nicht so ungewöhnlich wäre, würde ich von meinem Närrchen sprechen. Meine Geliebte, mein Närrchen, mein Objekt. Sie hat mich aus der Selbstgenügsamkeit gerissen, indem sie mit dem Handrücken über meine Wange strich und mit ihrer tiefen Stimme *Ralphi-Darling* zu mir sagte. Meine grausame bezaubernde Teufelin. Nach jeder Liebkosung, noch während ihre Finger in meinem Schopf wühlten, fing sie an zu gähnen. Mit ihr ging es nie gut, ohne sie schlechter. Talab sind wir zusammen gefahren in lautlose Nacht.

Närrchen, sagt Jürg Laederach, wenn er in seinen Passionsspielen Einrede hält und das jüngst Gesagte gleichsam mit dem Schwamm fortwischt. Tote sind ausgewischte Närrchen. Mein Objekt ist ein solches ausgewischtes Närrchen, das seine Einreden am Saum des Schlafs, bei Spaziergängen mit aus dem

Himmel getropften Worten hält. Ach was. Sie marschiert ihm ins Hirn, wann sie will. Am hellichten Tag, an jedem Ort, wann immer es ihr paßt. Jetzt.

Mein Name: Ralph Zimmermann, einer von den zigtausend Zimmermännern in der Welt und unter den Toten. Sie hieß Johanna Skrodzki. Genannt wurde sie oder hat solche Nennung selbst betrieben: Jojo (in Frankreich), Joey (später in Amerika), als sie in der Factory berühmt wurde, mehr als eine Sekundenberühmtheit, aber weniger berühmt als Blondie oder Madonna. Diese Namen liegen wie ein ausgehöhlter Weg da, ihrer hat seine Kratzspur in den Ohren einer sehr speziellen Gemeinde hinterlassen. Ihre Gemeinde nenne ich die Todesverbohrten oder einfach Todesbohrer, wobei ich mich selbst nicht hinzuzähle, da ich mich immer geweigert habe, diesem Club anzugehören. *Come to die with me*, sang sie in ihrem stacheligen Germanenenglisch, und ich verging vor Scham, wenn ich dabei war und mich für jedes ihrer Worte verantwortlich fühlte. Huschen im Rudel vorüber, tun so, als wollten wir uns zu ihm setzen, und er merkt's nicht mal. Spürt kaum, wie Joey an ihm entlang streicht. Nur seine Härchen am Unterarm richten sich auf. Das Hinterzimmer des Rösler ist ein guter Ort, um ihn einzukreisen. Objekt? Hat er wirklich Objekt gesagt? Mit den Todesbohrern liegt er allerdings richtig, zumindest bei einigen von uns. Andy: Typ höflicher Drillbohrer, Jim: unsere große Black & Dekker, Edie: prima Bohrfutter.

Uneingeweihte möchten vielleicht fragen: Andy,

welcher Andy, welcher Jim und was für eine Edie? Unter diesen Namen sammelt sich die flirrende Restmaterie von Andy Warhol, Jim Morrison und Edie Sedgwick, dem Factorystar der Jahre fünfundsechzig, sechsundsechzig. Vinyl, Kitchen, Beauty No 2. Das Mädchen mit den Gazellenbeinen, Poor Little Rich Girl, jene verirrte großäugige Tochter aus dem superreichen Clan der Sedgwicks. Zu viele Amphetamine, zu viel Sex, zu viele verbrannte Matratzen. Vor der Haustür immer eine bestellte Limousine – warten, warten, warten, stundenlang, die ganze Nacht.

Einige von diesen Todesbohrern waren ihrerseits schon tot, als ich 1981 mit Joey zusammenkam. Es waren so glanzvolle Figuren darunter wie Jim und Edie. Die beiden habe ich nie kennengelernt, ebensowenig Andy, der damals noch lebte. Obwohl diese extrem anziehenden Leute allein zu Joey gehörten, bevölkerten sie bald auch meinen Kosmos und setzten sich darin fest.

Neben Männern wie Andy oder Jim nehme ich mich aus wie ein Würstchen. Dennoch bin ich in einen einzigartigen Käfig geschlossen, wie alle anderen Leute auch, die das Schicksal mit mir teilen, daß ihre Verführungskraft zu gering ist, um Hunderte, gar Millionen von Menschen in ihren Bann zu schlagen.

Meiner Wichtigkeit zu entkommen ist unmöglich, obwohl sie geschmolzen ist, seit ich in Verbindung mit den Toten lebe. Die wischen an mir vorüber, versuchen, wenn irgend möglich, mich aus der Reserve zu locken. Was ihnen selten gelingt – in meinem Charakter steckt etwas von Jesus, seiner milden Seite, nicht der zürnenden. Vielleicht bin ich bloß zuwenig geladen für den Zorn. Fünfundfünfzig Jahre alt und bis heute keinen Wutanfall. Unwahrscheinlich, daß ich noch einen bekommen werde. Sobald der Tag um ist, gehe ich vielleicht endgültig. Wie öde. Damit droht er unentwegt. Wir sind es aber nicht, die ihn zu uns herüberbitten.

Die Ankündigung zeugt von schlechtem Geschmack, nicht nötig, mich eigens darauf hinzuweisen. In meinem Fall ist sie besonders unangebracht, da ich vor vier Jahren bereits auf Jenseitsfahrt war. Bitte mich jetzt wörtlich zu nehmen: ich war *dort* und bin von dort zurückgekehrt. Korrekt. Unser Mann hat sich weit vorgewagt. So nah hat sich sonst kaum einer an uns herangemacht. Dafür lieben wir Zimmermännchen, blasen ihm in den Nacken, elektrifizieren sein Haar, halten, wenn er in Panik gerät, neben ihm Wache.

Daß hier von allen Seiten gesprochen, um nicht zu sagen gequasselt wird, stört mich wenig. Wenn gelacht wird, kann sogar aus einer Lampe oder einer Steckdose heraus gelacht werden. Wie viel besser geht es mir, seit ich das Gelächter hinnehme. Lacht nur, lasse ich die Toten wissen, führt euch auf, wie ihr wollt. Euer Geschwätz sickert in mich ein, gut. Euer Gehabe wird mir von hoher Warte aus mitgeteilt, auch gut. Es geschieht im Schlaf wie im Wachen, ich bin vollkommen daran gewöhnt und bleibe dabei ruhig in mich versammelt. Bewohne nur noch bescheidene Teile meiner selbst, die anderen habe ich großzügig den Toten überlassen. Vergebens, sich gegen die Toten wehren zu wollen, wenn sie einen umzingeln. Besser, man bittet sie zu sich herein.

Der Boden zittert nicht, mein Fleisch zittert nicht, die Uhr lehrt: Es ist 10 Uhr 01. Ziehen uns hinter die Kuchenpyramiden des Rösler zurück. Das Rudel gibt sich verfressen, albert rum, als könne es die Schokowappen von den Torten klauen. Bleiben beim Als ob. Antippen nicht erlaubt. Allenfalls Verleiten zum Fallenlassen.

Leider hat selbst in dieses altmodische Café die Musik Einzug gehalten. Musik aus der Konserve macht mich nervös. Manche Gäste scheint sie zu beruhigen; derzeit sind allerdings nur wenige anwesend. Ich muß mich durch den Geräuschfall hindurch auf andere Musik konzentrieren, sonst kann ich nichts zusammenhalten. *Wake me up and we get home*, singt John Cale in trockener Kirchenchormanier. Getragen von seiner Stimme, hell und dünn, schwebt die kleine Zeile an mein Ohr. Cale will damit ins Jenseits führen oder zumindest die Angst vor der Schwelle nehmen.

Die Schwelle zu passieren, fiel mir nicht schwer. Reichlich Blut an unpassendem Ort, ein Kollaps, das war's. Was folgte, war weniger leicht zu ertragen. Ich habe das Jenseits nicht als mein Zuhause erfahren, ebensowenig als Lichthof für geklärte Seelen. Weshalb ich wieder dorthin zurückwill? Will ich überhaupt? Ja und Nein. Ja, weil mein Zustand unhaltbar geworden ist – Nacht ist über mich gekommen, hat die Trauer erstickt und die entschwundene Liebe. Nein, weil es keine Rettung gibt. Oder doch? Vielleicht habe ich die vorsichtige Umarmung des Engels schon gespürt und bin voller Angst seinen Schwingen entlaufen.

Mag sein, wenn ich länger in mich hineinhöre, festigen sich Zutrauen und Sympathie zu dem, was meinen habhaften Rest ausmacht. Es ist sogar wahrscheinlich. Auf eine Art der Sympathie habe ich mich immer verlassen können: auf den guten Willen, den die Frauen mir entgegenbringen. Frauen mögen mich, so einfach ist das. Warum sie es tun, habe ich nie ergründen können. Auch mein Närrchen mochte mich. Aber in ihrem Fall war mir das entschieden zu wenig. Neben diesem Mögen hatte allzubald der Gleichmut Posten gefaßt. Leidenschaftlich wollte ich von ihr geliebt sein. Mit allen Sinnen hätte sie sich auf mich konzentrieren müssen, wie eine Raubkatze, die ihre Beute fängt und wieder laufen läßt.

Vermutlich bin ich auch ein passabler Lehrer, bis gestern war ich es jedenfalls. Der Widerstand meiner Schüler blieb gering. Sie besaßen das Gespür, mir zu gestatten, leise zu bleiben. Meine Fächer? Geschichte und Deutsch. Sechsundzwanzig Jahre mühte ich mich an einem Stuttgarter Gymnasium, die Neugier meiner Schüler für Karl den Großen und seine bemoosten Schlachtfelder zu wecken, für Schiller, Goethe, Kleist und meinen geliebten Franz Kafka, obwohl ich Kafka, gerade weil ich ihn so liebe, vor meinen Schülern inzwischen am liebsten verbergen würde.

Bin ein Jäger des Inneren, meine Abenteuer finden im Stillen statt. Geheimniskrämerei liegt mir aber nicht. Mein Herz ist keine vollgestopfte Tasche des Grams oder des Irrsinns, auch nicht der stellvertretende Christusbeutel, nach dem alle Welt fahndet. Wie geschwollen du daherredest, höre ich Joey sagen. Sprachlich lagen wir ziemlich weit auseinander. Andy und Jim sind noch bei den Torten, schätzen die Ladung Zucker ab, die sich da türmt. Schwaches Echo ihrer Kämpfe von ehedem. Andy wirbt um Jim, indem er auf eine tiefrosa Torte zeigt. Jim sieht nicht mal hin. Joey hängt rum in ihrer babylonischen Versonnenheit.

Jawohl, ich bin aus dem Jenseits zurückgekehrt, aber als was? und vor allem: wofür? Das Wort *auferstanden* will ich lieber nicht benutzen. Es ist zu groß. Die Leichenstarre hatte noch nicht eingesetzt. Vor der Reise hatte ich mich nicht hingelegt und hinterher stand ich ziemlich wackelig da, weniger gerettet denn je. Kein freundlicher Meister am Bett, der mein zitterndes Lazarushändchen gehalten hätte. Auferstanden aus Ruinen, das paßte zu ihr, wenn man sich einen Kinderkopf vorstellt, aus dem der Staub gekämmt wird, zu mir paßt es nicht.

Mein Närrchen wurde 1942 in Berlin geboren. 1949 in Stuttgart ich. An *Joey* habe ich mich nur schwer gewöhnen können. Warum eine Berlinerin bei einem englischen Namen rufen, noch dazu einem, der gewöhnlich Männern vorbehalten ist. Trotz Amerika, deutsch blieb Joey bis in die innersten Winkel ihres Gemüts, deutsch bis ins Mark ihrer zwar feinen, aber unverkennbar teutonischen Knochen. Sie mochte es nicht, wenn ich Johanna zu ihr sagte. Kosenamen kamen für uns nicht in Frage, weil wir nie glücklich waren.

Ich habe sie kennengelernt, da war sie längst Joey. So selbstverständlich ich Joey hinnahm, als ich nicht mehr als zwei Platten von ihr besaß und sonst nichts von ihr wußte, so vertrackt wurde der Kunstname für mich, als wir ein Paar geworden waren.

Kurz bevor sie starb, kritzelte Edie Sedgwick an ihre Zimmerwand, das Totenreich sei das Neverneverland, in dem jeder Neuankömmling mit seinem wahren Namen begrüßt werde. Mir sind jedenfalls keine neuen Namen begegnet. Die alten funktionierten wie eh und je. Von den berühmten Jenseitsfahrern, die vor mir dort waren, hat davon auch keiner berichtet. Johanna, sagte ich, als ich sie in einer Nische sitzen sah, und meine Johanna hob ihren unglaublichen Kopf.

Joey, noch da? Joey findet sich im Weg und läßt eine Kellnerin samt Tablett durchlaufen. Edie tänzelt nebenher, als müßten die zitternden Deckel der Kaffeekännchen beschützt werden. Damals, in New York, hat sie direkt an die Wand gezeichnet, ein Pferd, das angestürmt kommt. War später zu nervös für so was. Den Lidstrich hat sie aber bis kurz vor Schluß gut hingekriegt. Andy ist nie nervös. Tut so, als könne er den Stift von der Ablage nehmen und das Rösler damit vollkritzeln. Können wir aber nicht. Ihn wenige Millimeter auf glatter Fläche rollen lassen, ist das Maximum.

Da kommt die Kellnerin. Eine neue, die flaue Gefühle hervorruft. Ich bin an zwei Kellnerinnen gewöhnt, an eine, die wie ein lustiger Papagei plappert und an eine mit zerfurchter Stirn. Beide habe ich inzwischen lieb gewonnen, und beide sind heute nicht da. Die Bluse der Neuen scheint mir aus besonders festem Stoff zu sein. Weshalb um Himmels willen muß das Wenige, das ich bestelle, auf einen Block gekritzelt werden?

Die wenigen Jahre, die mich von Joey trennen – sie war sieben und ich erst reif für den ersten Schrei –, spiegeln ein Universum der Differenz. Sie war ein Trümmerkind, das die Eltern verloren hatte. Ich kam zur Welt, da hatten sich meine Eltern längst in Sicherheit gebracht. Von ihrer Kindheit kenne ich nur wenige Bruchstücke: Eltern tot. Bei einer Tante groß geworden, die Schneiderin war. Sie blieb wortkarg, wenn ich sie danach fragte. Ich habe mir diese Kindheit öfter ausgemalt, dann sehe ich sie als verheultes Rotzkind vor einem Schutthaufen stehen. Berliner Kinder sind in meiner Vorstellung unweigerlich verrotzt, weil es dort so zugig und staubig war und niemand sich die Mühe machte, ihnen die Nase zu wischen. Hände auf dem Rücken verschränkt; Zöpfe, Gesicht, das Kleidchen, Strümpfe, Schuhe, alles dreckig, daß gotterbarm. Mein Rotzkind ist hinreißend schön, schöner als Gott für gewöhnlich erlaubt.

Bei uns war alles sauber. Ärmlich ja, aber zum Bodenlecken sauber, Klobürste makellos rein, am Boden des Klobürstenbehälters nicht mal Kalkablagerungen. Meine Eltern stammten aus Breslau und Stettin. Sie hatten sich auf der Flucht kennengelernt. Da sie beide fast alle Familienangehörigen verloren hatten, klebten sie aneinander und hatten, als sie in Stuttgart anlangten, sogar ein wenig Glück. Ich kam auf die Welt, und noch im selben Monat durften sie eine Wohnung in einem der Nachkriegsbauten beziehen, die damals am Rand von Degerloch im Eiltempo entstanden. Fast noch als Trockenwohner zogen sie in ein Siedlungshaus, das aus aufbereiteten Ziegeln errichtet worden war, drei Winzzimmer, fingernageldünne Wände. Ihnen kam's vor wie eine Schatzhöhle, sie blieben dreißig Jahre und zwergten sich darin ein, bis eines Tages – raps! Aber davon später.

Joey nannte mich eine Ölsardine im Blechkäfig. Da war sie gut gelaunt und redete deutsch. War sie schlecht aufgelegt, redete sie englisch, wohl wissend, wie affig ich das fand. Dann nannte sie mich ein zugewischtes Arschloch oder ein ausgeplündertes, ransacked asshole, cockeyed asshole oder finicky asshole, ein schielendes oder geziertes. Das paßt auf mich so wenig oder so gut wie auf irgend einen Kerl. Es reizte mich auch nicht weiter, es reizte mich eher das Englisch an sich, sie sprach es nämlich langsam, es klang wie sorgfältig mit dem Hammer ausgeklopftes Walhallaenglisch.

Auf deutsch kamen wir rascher voran. Bist du immer schon so ein gottverdammtes Arschloch gewesen? fragte sie obenhin, meinte es nicht weiter böse. Nicht, daß ich wüßte, sagte ich, laß Gott aus dem Spiel, er kann nichts dafür, und die Sache war erledigt. Es sei denn, ich hatte Lust, in meine alte Berufsrolle zu schlüpfen: Die Tatsache, daß auch ich zu den Wesen gehöre, die notgedrungen hin und wieder ihre Eingeweide entleeren müssen, sollte dich nicht dazu verleiten, ein solches Wort zu benutzen. Dann war der Teufel los.

Das mit der Ölsardine muß ich korrigieren. Habe nichts Öliges an mir. Weder meine Haut ist ölig noch mein Haar, noch sind es meine Manieren. Zugewischt bin ich auch nicht, allenfalls verwischt. Früher hatten meine Züge etwas Undeutliches, Chamäleonhaftes. Wahrscheinlich habe ich es vermieden, Charakter zu entwickeln. Aber in den Monaten mit Joey prägte ich ziemlich rasch einen aus. Joey löst sich von Edie und kommt ihm nah. Was er da für einen Charakter geboren haben will?

Einen radikalen vom Typ Sibirischer Tiger.

Joey weicht zurück. Easy Going zur Musik von James Last.

Asien im Dunkel, meine Geliebte schwankt zwischen An- und Abwesenheit. Ich sollte mich endlich von dem Zwang befreien, schlecht von ihr zu reden. Schlechtreden hat als Abwehrzauber ausgedient.

Jetzt, da sie so weit entfernt ist, sehe ich ihre schlanke Hand auf der Bettdecke, die unruhigen Finger, die im Traum etwas Luft greifen, und möchte meine Finger in ihre schieben und mit der Stirn darauf niedersinken.

Es ist plötzlich so still geworden. Bißchen Geschirrgeklapper aus dem vorderen Raum, sonst nichts.

Ein Telefon läutet. Ins göttliche Schweigen hinein sprang das Wort, und im Wort war keimhaft alles zusammengewickelt, was nach und nach zur Auswickelung drängte. Mich verlangt's nach Einwickelung. Umweht von geraffter Zeit, gehüllt in ihre rauschende Membran, möchte ich zurück an den Anfang unserer Begegnung. Mit Joey wieder eins wie in jenen glorreichen frühen Tagen, fies und wild und selig und immerzu komisch alarmiert und immerzu auf Draht und laufend unter Strom. – Joey? Wie wär's mit 'ner neuen Stromzufuhr?

Joey verschmilzt mit dem Hintergrund. Geblümte Bankpolster, Kirschholz, rote Tapete. Wandlichter mit seidenen Schirmchen helfen dem Monte Scherbelino zu speckigem Glanz.

Auf die Kameradschaft mit einem Gespenst wollte ich dafür gern verzichten.

16	3	2	13
5	10	11	8
9	6	7	12
4	15	14	1

Wenn's nach mir ginge, dürften sich die ersten Seiten einer Zeitung mit vermischten Meldungen füllen. Orientierungslose Pinguine neben einem Kinderschänderring, ein vom Sturm abgedecktes Haus flankiert von Schwertfunden aus der Karolingerzeit, das ist die Sorte Nachrichten, die ich schätze. Die große Schwingtür offen für Lebensschnipsel aller Art, einerlei wer, einerlei was. Bitte herein, sagt der Redakteur und regelt den Betrieb. Einem dieser Redakteure ist zu danken für die schier unglaubliche Ausrede eines Mörders, die neulich in den vermischten Meldungen auftauchte. Durch Indizien überführt, die ihn mit Tatort und Leiche in Verbindung brachten, stritt er alles ab: rein zufällig habe er sich in der Nähe aufgehalten, um sich *gepflegt zu übergeben.*

Im Moment fesseln mich weder Tatorte noch Mörder, sondern ein Photo, das Richard Avedon vor kurzem geschossen hat. Es zeigt einen jungen Scheich mit seiner Lieblingsgazelle. Die Gazelle steht auf die Hinterläufe erhoben als zierliche mannshohe Silhouette neben ihm. Einen ihrer Vorderhufe hat sie auf seine Schulter gelegt, der andere ist angewinkelt und verbleibt in der Möglichkeit, ihm damit zärtlich über die Brust zu streichen. Keinerlei Zwang, nur freie Neigung scheint das schöne Tier an den Menschen zu binden. Eine Lieblingswirtschaft von größter Zartheit ist um die zwei. Letzter Gruß aus Arabia felix, bevor es uns in die Luft sprengt. Natürlich wird mit den beiden das Paradies beglaubigt, doch Asche auf mein Haupt, mit so reiner Glücksbotschaft ist aus dem Reich, daher ich komme, nicht zu dienen. Oder doch?

Ja, ich habe sie wiedergesehen, habe sie aufgeblüht überrascht, umrätscht von unruhigen Grillen, meine gefährliche Geliebte, eine jede ihrer leuchtenden Eigenschaften fand ich ins Paradies hineingezählt. In ungekannter Schärfe zeigte sich auch: mein Objekt, das böse, naive, mein Närrchen, das unglückliche. Uns war nicht zu helfen, im Totenreich nicht und in der Wirklichkeit erst recht nicht. Betrübt mußte ich feststellen, daß meine Liebe nicht mehr war als ein aufflatternder Totenvogel, die Bosheit meines Objekts hingegen bitter und verderbt wie alles, was sich vom schwarzen Kern der deutschen Geschichte nicht hat lösen können.

Schon wieder lästere ich. Dabei kenne ich sie doch gut. Ich brauche mich bloß auf ihre Arme zu besinnen, zart und glatt und weiß, man möchte immerzu hineinsterben in solche Arme. Kann ein Mensch mit so schönen Armen wirklich böse sein?

Langes Herumsitzen bei zeitweiligem Umschlagen

eines Presseblattes, selbst wenn dazwischen das Paradies aufblitzt, ist eher ungünstig, wenn man die Bröckel seines bisherigen Lebens vor sich ausschütten will. Dafür sind Bett, Schreibtisch und Spaziergang gut. Außerdem hemmt langes Sitzen die Atmung. Darf ich weiter atmen? Ausnahmsweise. Schon geht mein leichtes Asthma vorüber. Das ist einer der wenigen Ticks, die ich mir leiste.

Sonst? Bleibe ich unauffällig. Durch und durch landläufig bin ich. Blond. Kein sonnenhaftes, eher ein unvollkommen ausgemendeltes. Würde mich nicht wundern, wenn sich im Falle eines Verbrechens kein Mensch korrekt an meine Haarfarbe erinnern könnte.

Aber, aber, so ist es keineswegs. Zum Beispiel das Gymnasium, an dem er unterrichtet: Alles, was weiblich, zwischen zehn und sechzig Jahren ist, hat den Mann eingehend studiert und eine überaus günstige Summe seiner Blondheit gezogen. Wenn wir jetzt mal von oben auf sein Haupt schauen, sieht's da tadellos aus. Keine einzige schüttere Stelle, nicht mal am Hinterkopf. Edie will den Unterschied zwischen Robert Redford und Ralph Zimmermann wissen.

Zimmermann trägt kein Toupet.

Joey leistet sich gerade das Maximum an erlaubtem Grinsen. Wundert sie nicht, daß in den Einzugsgebieten Killesberg und Botnanger Sattel nachts die Hemden warm werden, wenn … Sie kennt die Über- und Untertreibungen des ehemaligen Gefährten genau.

Verwandte habe ich keine. Weder Bruder noch Schwester. Meine Eltern sind tot. Um mich ist es still, und es macht wenig Unterschied, ob ich rede oder schweige. Es gibt allerdings einen Seelenverwandten, auch wenn dieser eine Erfindung von Walker Percy ist. Jack Bickerson Bolling, der Kinogeher. Ich nenne ihn meinen amerikanischen Vetter. Unwahrscheinlich, daß er noch am Leben wäre, hätte er ins Fleisch treten müssen. Jedenfalls ist er auf der letzten Seite noch nicht tot.

Im Jenseits hatte ich natürlich nicht mit ihm rechnen können, schließlich zählt er weder zu den Romantoten noch zu den echten. Aber ich habe Jack Bolling dort getroffen, ihn auf einen Wimpernschlag erkannt. Jack, wie kommst du hierher? Ich weiß nicht. Du wolltest ein richtiger Mensch werden? Nicht unbedingt, wollte bloß in einer Umgebung leben, die bezeugt ist. Du wolltest den ganzen Kram mitmachen, dich fürchten und lieben? Ich wollte die Sumpffeuerchen von Chef Menteur sehen. Jack strich sich über die Schläfe. Zum Beweis, daß er's ins dunkle Herz der Wirklichkeit geschafft hatte, löste sich eines seiner hellen Haare, und ich las es von seiner Schulter. Energisches Nein. Walker Percy gehört zu uns, sein Kinogeher nicht. Zimmermann ist Walker auf den Leim gegangen, der sich für Jack ausgab.

Es hat seine Vorzüge, alle Verwandten los zu sein. Kein Grund, mich zu bemitleiden. Solange man Verwandte hat, zählt alles Unglück doppelt, es läuft durch den gesamten Verwandtenapparat, wird kommentiert, zementiert. Ich gehöre nicht zu den Leuten, die immerzu an Mutters glänzende Schöpfkelle denken, wenn sie eine Suppe im Restaurant bestellen. Meine Mutter war eine mäßige Köchin.

Wenn ich rückrechne, komme ich wie Heidegger auf fünfzehn Geliebte. Keine Zahl, über der man sich als Frauenheld blähen könnte. Für einen Mann meines Alters vermutlich das Übliche. Aber niemand von den Männern mit solchen landläufigen Zahlen hat sich je mit einer Frau wie Joey – neutral gesagt – befassen müssen. He he, einige von uns waren auch mit Joey befaßt und machen nicht so 'n Theater. Jim ist zurück, streicht lässig um die Nachbartische, als gäb's da wunder was zu entdecken. Material für einen Song oder ein Gedicht. Funktioniert aber schlecht. Überall die gleichen Dekonester mit Hyazinthe, Schornsteinfeger, Küken und Ei.

Sie ist ein schwarzes Loch, in dem die Vorgängerinnen verschwinden. O Nacht, o Angst, o Wunder ihrer Stimme in der Dunkelheit. Joey, bist du noch da?

Zweiunddreißig Jahre bin ich als Erloschener durchs Leben gegangen und habe mich dabei wohlgefühlt. Photos beweisen, ich war bereits ein erloschenes Kind. Als hätte ich immer mit Knochen gespielt und nur tiefe mondhafte Töne im Ohr gehabt, *do do do do do do*, Kratermelodien für einen Buben, der keine Milch trinken will und gleichmütig auf seinem Stuhl hockt.

Aber nein. So was gibt's gar nicht. Natürlich bin ich herumgehopst, habe Vaters Kristallpferdchen kaputt geschlagen, die Tagesdecke an den Fransen gepackt und durchs Zimmer geschleift. Sei's, daß ich es nicht wahrhaben will, sei's, daß man mir zu oft davon gesprochen hat, so kann es nicht gewesen sein. In meiner Vorstellung bin ich ein Filzling, ein aus dickem Filz geschnittener Bub, und meine Eltern sind aus Wespenkau gemacht, jener leichten Materie, welche die Wespen herstellen, wenn sie ein Nest bauen.

Geben wir der Wahrheit die Ehre: Meine Eltern waren in Ordnung, ich habe ihnen nichts vorzuwerfen. An mir ist kein Recht verletzt und keine Pflicht versäumt worden. Agnes und Erwin sind manchmal auch im Rudel. Halten sich aber zurück. Nur der höfliche Andy nimmt hin und wieder Kontakt auf, plaudert mit Agnes, vielleicht, weil sie seiner Mutter ähnelt.

Mein amerikanischer Vetter liebt seine Mutter, und ich liebe ihn dafür, daß er zu so etwas Fragilem wie der Sohnesliebe fähig ist. Wir unterscheiden uns. Er ist immer auf der Suche, ich war es nie. Er versucht zu finden. Ich wurde 1981 gefunden, von meinem Objekt am Flughafen Frankfurt regelrecht aufgesammelt, und gehe seither daran zugrunde, weil ich der Gewalt der Liebe nicht gewachsen bin. Niemals habe ich aus dem Gewohnten ausbrechen, niemals mich auf neues Terrain wagen wollen, schon gar nicht auf jenes, wo es zwar Körper gibt, die sich aber nicht an die Gesetze der Physik halten, wie sie einem in der Schule beigebracht werden.

Meine eierschalenfarbenen Eltern. Sie gingen immer Hand in Hand. Als ich klein war, kam ich in ihrer Mitte dahergewackelt. Das Getrenntwerden konnte in der bösen Welt all Augenblick passieren, nur wer Hand in Hand ging, blieb vielleicht verschont. Böse, das waren die Russen im Besonderen und die menschliche Niedertracht im Allgemeinen. Überflüssig zu erwähnen, daß ich meine Eltern niemals habe streiten hören. Sollten sie heimlich gestritten haben, geschah es unhörbar.

Zwei grüne Lodenmäntel, die ich kaum auseinander halten konnte, hingen am Garderobenbrett im Flur. Meine zwillingshaften Eltern. Ehrlich, sie gingen ineinander über. Beide mittelgroß, beide blond. Hellbeige Pullover, hellbeiger Rock, hellbeige Hose, hellbraune Schuhe mit Kreppsohlen, im Sommer hellbeige Stoffhütchen. Als ich nach ihrem Tod die Wohnung ausräumen mußte, hatte ich keine Ahnung, welche Kleider zu wem gehörten. Natürlich war ihr Alltag verschieden. Meine Mutter war Hausfrau. Der Vater arbeitete als technischer Zeichner beim Daimler. Oh, ich war immer darauf bedacht, meine Eltern niemals ihr Unglück spüren zu lassen. Sie ja nicht wecken. Nicht den zarten Spinnweb aus Rituälchen und lächelnden Sätzen von ihnen blasen.

Daß meine Eltern komische Figuren waren, wurde mir früh klar. Sie wandelten in meinem Schutz und im Schutz der CDU. Ihre CDU-Nachthemden boten Traumschutz, die CDU-Spazierstöcke mit den gebogenen Enzianschildchen Wanderschutz. Die Demokratie kam ihnen vernünftig vor. Wozu mehr als eine Partei? Sie waren gutmütig und friedfertig, waren restlos ausgefüllt von ihrem Leben zu zweit mit einem Kind, das täglich versprach, ihnen zu gleichen.

Kleiner Ärger? Nicht der Rede wert.

Ausgerechnet in die Serengeti mußten sie sich locken lassen. Von Bernhard Grzimek, diesem grundanständigen Tierpfleger der frühen Fernsehjahre. Friede seinen Eiern, würde Joey sagen. Ich ziehe Friede seiner Asche vor. Was hatten meine leisen, bleichen, sanften Eltern in der afrikanischen Savanne verloren?

Sehr verehrte Damen und Herren, liebe Neger. Wir sind lieb, sangen die Neger in Afrika, wir sind aus nächtlichem Wachs. Meine Eltern verstanden bloß nicht, weshalb Kennedy, dem sie vertrauten, schwarze Soldaten in Deutschland hatte stationieren müssen. Knips aus. *Es ist Mitternacht, Dr. Schweitzer.* Knips aus.

Do not go gentle into that good night. Wahrlich, in diese Falle hätten sie nicht gehen dürfen.

Was hatte ich leiser, bleicher, sanfter Mann an der Seite einer Undergroundikone verloren? Es ist nämlich so, daß Johanna Skrodzki und der bleiche Gymnasiallehrer aus Stuttgart einander lieben. Auf Tournee, in einem Bus, kreuz und quer durch Europa, mit einem Harmonium, jeder Menge Elektronik, die dem Gymnasiallehrer nicht geheuer ist, sieben Scheinwerfern und drei vollgekifften Lemuren: Ritchie, Micky, Wolfi.

Sehr verehrte Damen und Herren, liebe Kiffer. *Come to die with me*, singt mein Liebling, *come to the Nibelungenland.* Knips an. Zeit, das Mützchen von einem Frühstücksei zu ziehen. Knips an.

Old age should burn and rage at the close of gate, wahrlich, Magen, Schlund und Pförtner brennen, und ich glühe vor Bosheit.

Meine musikalischen Vorlieben sind simpel. Alles von Bach und Bob Dylan. Liebe zu den beiden Testamenten könnte man das nennen. Joseph von Arimathia in der Matthäus Passion treibt mir die Tränen in die Augen, die Desolation Row ist die pax mundi, in der ich wandere, obwohl weder Einstein noch Ophelia meinen Weg kreuzen. Noten? Kann ich nicht lesen. Eine musikalische Erziehung habe ich nie genossen. Jim wird hier mal wieder geflissentlich übergangen. Dabei konnte Zimmermann jahrelang keinen Regen fallen hören, ohne daß ihm Riders on the Storm in die Ohren tropfte. Jim läßt das natürlich kalt, kein Verlangen nach männlichen Groupies.

Joeys Musik war mir zu bizarr. Die zwei Platten hatte ich gekauft, weil mich die Photos auf den Hüllen faszinierten. Angehört habe ich sie mir vielleicht drei oder vier Mal – bevor ich Joey kennenlernte; danach mußte ich ihre Musik unentwegt hören.

Meine Eltern waren füreinander da, Joey und ich gegeneinander, obwohl ich meine Hand sacht auf ihren Scheitel legte in der Hoffnung, Friede könne aus meinen Fingern sickern. Vorsichtig kommt meine Hand aus dem Hellen. Weil ich hell bin, lassen sich die Finsterlinge von mir berühren. Weil meine fügsame Natur kein Nein kennt und verschwindet, wenn sie unerwünscht ist, lassen mich die Finsterlinge gewähren.

Joey, die Blonde im weißen Hosenanzug, den blitzenden Metallgürtel um die Hüften, ein Finsterling? Als wir uns kennenlernten, färbte sie ihr Haar längst schwarz. Welch ein qualvoller Anblick, eine Frau mit hellem, durchsichtigem Teint, die ihr Haar schwarz färbt; ergänzt sei: eine Frau mit neununddreißig Jahren. Wie oft bildete sich meine Hand ein, wenn sie in das tote Haar griff, sie könne das Goldhaar meiner Heiligen Johanna der Plattenhüllen wieder zum Leben erwecken. An der Seite einer falschen Schwarzhaarigen taumelte ich durch die Tagundnachtgleiche des Unglücks.

Taumeln ist nicht das richtige Wort. Da ich damals weder soff noch kiffte, noch Heroin spritzte und als Student einen Führerschein Klasse zwei erworben hatte, überließen mir die Lemuren nur allzugern das Steuer. Ich bin sieben Monate kreuz und quer durch Europa gefahren, habe an die hunderttausend Kilometer gefressen, meist Autobahnkilometer der Nacht.

Auf ihren Matratzen schlief die Begleitmannschaft zwischen dem Harmonium, dem Synthesizer und allem Gerümpel, Joey ganz hinten auf ihrem Ledersofa. Ich war aus dem Tag gefallen und zu einem Mann geworden, der nachts die Ernte einfährt, ein geheimnisvoller Bewohner des Planeten Insomnia. Gekleidet war ich wie der Chauffeur einer Luxuslimousine, bloß die Schirmmütze fehlte. Ich hatte mir in Barcelona Handschuhe gekauft und fand meine Hände in dem durchbrochenen Leder unwiderstehlich. Allein das Überstreifen, das Zurechtziehen, bis es vorne an Fingerkuppen und Nägeln fast schmerzt. Ein Steuer will nicht mit feuchten Fingern angefaßt werden, es will Lederkontakt.

Meine Fahrweise war verehrungswürdig, ich schob die Gänge rein wie ein Rennprofi, der seiner Freundin zeigen will, daß er ein sanfter Vater ihrer Kinder wird, zog die Kurven gleichmäßig durch, tat alles, um der Mannschaft hinter mir einen erstklassigen Schlaf zu bescheren. Heilandzack, was war ich für ein Fahrer! He Joey, hast du gehört, ich bin ein verdammt guter Fahrer, ein gottverdammt göttlich guter Fahrer! Joey gleitet von der Wand, um zu beteuern, daß er ein Arschloch sei. Geschieht ohne Heftigkeit, wirkt wie eine Pflichtübung, deren Sinn sich in grauer Vorzeit verloren hat.

Wenn sie bloß gewollt hätte! Albträume ade. Joey hätte ein für allemal genesen können hinten auf ihrem Ledersofa, meine Fahrweise war wie geschaffen, ihr Hirn durchzuputzen. Albträume ade, durch die belgische Industrieebene, die neonbeleuchteten Vorstädte von Paris, einer nach dem anderen ade, in einer brutheißen Nacht unter der angestrahlten Riesenmadonna von Le Puy vorüber – wieder einer dahin. Und bei der Rückfahrt, unter den schneebedeckten Tannen im Zentralmassiv, ganze Schwärme von bösen Träumen dahin, dahin. Den Mittelstreifen nach Möglichkeit zwischen den Rädern, fuhr ich uns durch ein nächtlich geleertes Europa, das niemandem mehr weh tat. Leider schnurrten wir nicht so geräuscharm voran wie in einem Rolls Royce, die Schallabdichtung war mangelhaft, der Bus brummte und klapperte und verfiel manchmal in ein penetrantes Sirren, bis ich mit der Faust aufs Armaturenbrett schlug und dem ein Ende machte.

Einem Nachtfahrer wird die Welt groß. Während er den Blick auf die Straße heftet, weitet sich der Raum in seinem Kopf. Man hatte mir das Geschenk ewigen Wachseins verliehen und im Unendlichen trudelnde Gedanken die Menge. Ich war in einen mondhaften Ritter verwandelt worden, der das alte Europa Kilometer für Kilometer in seinen Besitz nahm und, während ihm märchenhafte Kräfte von der Autoscheibe zuflossen, wieder fortgab. Immer voraus flog ein riesiger schwarzer Engel, durch dessen zerfledderte Schwingen die Sterne blinkten. Großer Gott, welche Tumulte am Himmel! Und welch betörender Gleichmut, sobald die heftigen Wetter sich wieder gelegt hatten. Blutrünstige Sonnenuntergänge erteilten ihre dunkle Lektion, die Aufgänge, schüchtern und fahl, entlockten ein Gähnen.

Da ich die Herrschaft im Bus übernommen hatte, war es Gesetz, daß Radio und Recorder spielten, wann es mir paßte und vor allem was. In jeder durchfahrenen Nacht kam mindestens einmal die verschlissene Kassette von *Under Milk Wood* zum Einsatz, eine Aufnahme der BBC von 1954, bis sich mein Hirn – *time passes, listen* – mit der Stimme Richard Burtons vermählt hatte, deren Vibrationen die Toten am Meergrund weckten und mit den Schläfern in ihren Betten kommunizierten.

Glückliches England. Auf der Insel der Seeschäumer wollte man unseren Trupp nicht haben. Die Engländer brauchen keine Barden, die ihnen aus hohlen deutschen Schienbeinen den Marsch blasen. Ihre Küsten sind gesäumt von Tausenden von Knochen, die vorzüglichen Traumdienst leisten, da sie beim Wellenbrechen aneinander schlagen und über der abziehenden Gischt säuseln.

16	3	2	13
5	10	11	8
9	6	7	12
4	15	14	1

10 Uhr 23. Fräulein, zum Donnerwetter, noch immer kein Kaffee! bin ich versucht, durch den Saal zu rufen. Aus einem Raum mit Kirschholztäfelung, rotem Samt und vereinzelten älteren Damen ruft man aber nicht laut heraus. Man bleibt gefaßt und schiebt das Gedeck beiseite, weil es beim Zeitunglesen hinderlich ist. Weiter weg wartet der Brotkorb, gefüllt mit Semmeln und einem Croissant, und bleibt unangetastet. Ebenso die Hyazinthe in ihrem österlichen Nest. Nein, noch bin ich nicht auf Sterbekost gesetzt. Aber zu gern würde ich jetzt durch einen Kaffee geweckt.

Um etwas Widersinniges zu tun, könnte ich den Kopf in die Zeitung fallen lassen. Wäre der blöde Bügel nicht, fiele er linksseits auf die Amtlichen Bekanntmachungen, in denen die Culpa Inkasso GmbH anzeigt, daß sie heute mit einem Startkapital von 25 000 Euro das Sünderquetschen beginnen will.

Trampeln wäre auch möglich, einfach unter dem Tisch lostrampeln. Zu so frei herausfahrenden Aktionen bin ich aber nicht fähig. Blieb immer still, faßte mich in Geduld. Kleine Manien, ja, die waren erlaubt. Die wichtigste davon, meine Manie mit dem Tod, geht auf die Pubertät zurück.

Als Elfjähriger legte ich eine Liste an. Wer wann wie gestorben war, wer die Todesnachricht überbracht und was ich dabei empfunden hatte. Ich entwarf meinen ersten Fragebogen zum Ankreuzen. Ob mir der Tote gleichgültig war? Ja/Nein/Weiß nicht. Außerdem versuchte ich mir vorzustellen, in welcher Verfassung der Tote jetzt weitermachte. Aufgenommen wurden Tote aus meiner Umgebung, die ich persönlich gekannt oder von denen ich gehört hatte, ebenso berühmte Tote, die sich bei mir eingenistet hatten. Schließlich wurde es zur Gewohnheit, die Notizen fortzuführen. Mein Tagebuch war den Toten vorbehalten. Durch die Listen, die sie bevölkerten, zog Ordnung in meine Welt ein. Die Namen der Toten und die Kreuzchen zu ihrer Klassifizierung sogen sich voll an der Feuchte meiner fiebernden Hände. Mein Eifer war noch kindlich und heiß, ein kindlicher Genauigkeitseifer. Als ich nach meiner Rückkehr die Notizen durchkämmte, um sie mit dem zu vergleichen, was ich während der Jenseitsreise erlebt hatte, war das nicht ohne Reiz.

† Name: Walter Knopp. Alter: 11 Jahre. Gestorben am: Freitag, 3. 5. 1960 um 13.30 Uhr. Todesursache: Unfall auf der Epplestraße. Von einem Lastwagen überfahren. Rennt auf die Straße, weil er die Mutter auf der anderen Seite sieht. Sofort tot. Beziehung zum Toten: Schulkamerad. Todesnachricht erhalten am 3. 5. um 16 Uhr. Todesbote: Mama. Nachricht

aufgenommen: a.) Gleichgültig: Ja ○. Nein ○. Weiß nicht ⊗. – b.) Traurig: Ja ⊗. Nein ○. Weiß nicht ○.

Hat am Unterricht später noch teilgenommen. Ich merkte es, weil ich auf seinem ehemaligen Platz saß.

Wir präzisieren: Leber geplatzt, mehrere Knochenbrüche, ein Teil vom Hinterkopf weg. Die Mutter ist später in die Psychiatrie gekommen. So manches Detail blieb unserem jugendlichen Todesforscher verborgen, wenn er auch gemerkt hat, daß es den kleinen Knopp wieder und wieder zur alten Schulbank zog.

Um so öfter ich ihn benutze, desto mehr mißfällt mir der Begriff *Jenseits*. Vielleicht ist das Jot, mit dem das Wort anfängt, zu weich. Beschließe nun, das Jenseits aufzugeben zugunsten des *dort*.

Dort, das ist der Verdichtungsschauplatz all meiner Forschungen und Ängste. Gilt die fatale Wette all Augenblick neu, die Gott mit dem Teufel um seinen treuen Diener Hiob eingegangen ist. Beteiligen sich die Toten an solchen Wetten, zeugen sich Gut und Böse als eine Art Spielmaterial fort, mit denen die Toten um die Lebenden würfeln. Nichts dergleichen war während der Reise zu beobachten. Aber wer gibt mir die Gewähr, daß man das Entscheidende nicht vor mir verborgen hielt: den Grund, weshalb sich das Böse erneuern kann, immer frisch, als wäre es nie durchschaut worden. Denn es kommt von dort. Es ist flugfähig, es ist kontaminationsfähig, es versteht sich darauf, den menschlichen Geist zu okkupieren. Auch die nicht enden wollende Krankengeschichte der Deutschen wird von dort her immer wieder neu aufgerührt.

Um meine liebenswürdigen Eltern hatten Gut und Böse einen Kreis gezogen und einen Niemandsfleck geschaffen, in dem Waffenstillstand herrschte. Meine Eltern zogen das Gute nicht an und forderten das Böse nicht heraus. Neben den Verbrechen der jüngsten Geschichte waren sie als Schlafwandler einhergegangen. Agnes? Erwin? Wo seid ihr?

Ausgerechnet in Johanna, das auferstandene Lamm, das ausgewachsen 1,83 Meter maß, waren zahllose Geschichtsteufel gefahren, um sich bauchrednerisch an ihr zu vergehen. Es fällt mir immer noch schwer zu glauben, daß mein Objekt gesagt hat, was es gesagt hat. All das Gefasel vom Erglühen der Ahnenwelt, von der kosmischen Blutleuchte, die von Siegfried auf den Führer gekommen sein soll, dies wahnhafte Beharren auf Wörtern wie Blutzoll, Blutruf, Blutputz. *Da ist aber Polen offen!* Der Satz fiel, da war sie mit einem Experten in Sachen LSD ins Fachsimpeln geraten. Polen stand für den Einfall extremer Sinneseindrücke, gegen die sich das Gehirn nicht wehren konnte. Satan hielt ihre Stimme in der Gewalt und erlaubte dem Rest, bei den Engeln zu ruhen. Jetzt ist ihr Lächeln sehr weit weg. Joeys Lächeln saugt die Rauchfäden der Caféhauszigaretten an. Stille, zauberische Welt glimmender Aschen.

Leider – oder eher zum Glück? – hatte ich sie selten für mich allein. Joey brauchte einen Spielraum, groß wie eine Stadt oder eine weite Landschaft oder das All, für mich genügte ein doppelbettgroßer. Manchmal war ich von ihrer Spielkraft wie ausgepreßt, ja, geradezu verformt und begann ihre Energie in meinen Zahnplomben zu spüren. Für Joey war ich ein unbedeutender Klumpen, den sie sich auf ihrem Irrweg eingefangen hatte und der nun um sie kreiste, allerdings einer, den sie sich gern gefallen ließ, unkompliziert wie ich war, bekannt für gute Führung, stabil bis in die letzte Nervenfaser, unprovozierbar. Forderungen waren von mir nicht zu befürchten, auch keine bohrenden Fragen. Wohlweislich hielt ich mich zurück, etwas zu erwähnen, was den Eindruck hätte erwecken können, ich rechnete mit der Dauer.

Dabei quälten mich die absurdesten Hoffnungen. Vom ersten Moment unserer Begegnung an war ich geliefert, weil ich mir unentwegt Hoffnungen machte – auf ihre straffe hohe Gestalt, die zur Tür hereintritt leicht wie das Leben der Engel. Auf ihren Liebreiz, mit dem sie mir das Haar aus der Stirn streicht und *Darling* zu mir sagt, *wo bist du nur so lange gewesen*, obwohl ich mich keine Sekunde vom Fleck gerührt habe, seit sie mich Stunden zuvor verlassen hat. Sie köderte mich mit allem, womit eine Frau einen Mann ködern kann.

Du bist mein einzigartiger Schatz, sagt sie und schaut dabei mit verhangener Miene ins Weite, als befinde sich der Schatz an einer Küste jenseits der Meere.

Ihre Großzügigkeit war prachtvoll wie im Märchen. Wenn sich jemand nach einem Ding erkundigte, das sie besaß, schenkte sie es her, nicht verächtlich, sondern heiter und plötzlich wie belebt von einer unerwarteten Sauerstoffzufuhr, mit humorvoller Miene und schimmernden Augen. Ich habe nie wieder einen Menschen kennengelernt, der Geld mit soviel Anmut verstreute. Es machte ihr Spaß, wenn Münzen und Scheine auf Wanderschaft gingen. Jeder Kellner, ob Mann ob Frau, liebte Joey, nicht nur wegen der Höhe des Trinkgeldes, sondern weil sie den Kellner in eine Komplizenschaft zog. Heimliche Blicke, Gekicher. Zwei kindliche Rotzverschwörer hatten unter den Trümmern was Wertvolles entdeckt, womöglich eine Leiche gefleddert, ihre Beute verscherbelt und teilten sich nun die Scheine. Reich war Joey nicht. Das Geld floß unregelmäßig herein, aus spärlichen Plattenverkäufen und einer kleinen Erbschaft, hin und wieder aus Rauschgiftgeschäften, in die ich nicht eingeweiht war.

Unnötig vielleicht, zu sagen, daß keine Dauer ausgeht von den täglichen Katastrophen, schreibt Peter Handke und spricht später von den *Rucken der Dauer*. Vielleicht, weil wir von den kleinlichen Katastrophen des Alltags verschont blieben, fand ich mich mit Joey bereits auf der Insel in die Dauer geschlossen. Als dann der Ruck kam und uns auf die fatale Tournee brachte, gerieten wir in eine andere Dauer, eine bewegte und zugleich zähe. So oder so hat die Dauer gesiegt, durch ihren Tod wurde mir Joey endgültig angetraut, sie und ich sind eine Gleichung in der Dauer geworden, auch wenn Joey das wohl niemals so empfand.

Dauer wie? Dauer was? höre ich sie derart haßerfüllt sagen, daß ich mir vorkomme wie ausgeweidet. Ihr Gesicht formt sich für einen Augenblick aus dem Gewölk meiner Zigarette mit beinahe unerträglich scharfen Konturen.

Joey soll ihn wieder mal gehaßt haben. Hat ihn so wenig gehaßt wie einen braven Hund. Haßt man seinen braven Hund etwa dafür, daß er bei jedem Wiedersehen vor Freude jault und einem die Pfoten auf die Schultern legt?

Da kommt die Neue mit meinem Kaffee. Lasse das Feuerzeug zischen und versuche meinen Ärger zu verbergen. Rauche, klemme die Zigarette zwischen die Lippen, gebe zu viel Milch in die Tasse, rupfe mit zittrigen Fingern ein Zuckertütchen entzwei und sehe die viel praktischeren Würfel zu spät, kurz: benehme mich wie ein Nervenfall.

Stop.

Auch wenn ich völlig zermürbt bin, muß es mir gelingen, eine gewisse Form zu wahren. Ich darf jetzt nicht an Kabeljaue denken, die mit Menschengesichtern auf mich zuschwimmen.

Stop.

Wir bemerken, wie er sich verheddert, können aber nichts dagegen tun. Weg mit Joey. Weg mit den Eltern, die mich an zusammengesackte Mehltüten erinnerten, als ich sie wiedersah und wundersamerweise erkannte, daß es sich Papa! Mama! um Erwin und Agnes Zimmermann handelte. Erwin und Agnes ziehen im Hintergrund vorüber. Ihre durchsichtige

Hand in seiner durchsichtigen Hand, die Gehirne wie ruhige Teiche.

Beweg dich nicht. Atme.

Denk an die Liebe zwischen Vater und Sohn, wie sie hinweht und wieder herweht. Sie ist ja nichts anderes als der Heilige Geist, ein Fluidum, ein Luftzug. In winzigen Partikeln fliegt die vom Heiligen Geist entzückte Luftmenge durch die Atmosphäre und kann von Wesen, die ein Verlangen danach haben und ihre Nasenflügel dafür öffnen, eingeatmet werden, selbst an einem so frischluftfernen Ort wie dem Rösler. Erwin winkt aus der Ferne: Vati ist bei dir. Der Stimme fehlt es an Kraft. Auf die andere Seite dringt sie nur selten durch.

Wieder besser, viel besser.

Es gehört zu den Merkwürdigkeiten, daß ich mein großes Landschaftserlebnis erst dort hatte. Stuttgart war für mich ein landschaftsloses Gebiet. Winzige Vorgärten mit Weißdorn und Rotdorn, diesen unverwüstlichen Ratten unter den Pflanzen. Selbstgenügsame Blicke zwischen den Siedlungshäusern. Dann kam die Schule, ein Acker mit Filderkraut, eine Gärtnerei, Friedhof, Autotrasse, der Damm für die Gleise der Straßenbahn. Mein Freilandradius als Kind umfaßte fünfzehn Minuten Gehzeit. Selten habe ich ihn ausgeschöpft, da ich es vorzog, in der Wohnung zu bleiben. Die Sonne wirkte kaum auf mich ein. Bin das Kind einer Stehlampe mit Bommeln. Der Frieden ist schwer zu bewahren, schwer zu erreichen. Mich umgab tiefster Frieden. Mein

Kampfgeräusch war ein gedämpftes Plopp, platzende Schneebeeren unter der Sohle. Wobei es auch dafür Gefühl braucht und natürlich Ledersohlen.

A propos Bommeln. An eine Extravaganz meiner Mutter erinnere ich mich. Aus Verehrung für Marika Rökk, die im Goldenen Blatt mit weit ausschwingendem Mantel abgebildet war, kaufte sie sich einen Glockenmantel, an dessen Saum lauter puschelige Bällchen hingen. Als sie damit vor der Schule auf mich wartete (sie holte mich immer ab, obwohl der Weg nur zwei Minuten zählte und es keine gefährliche Straße zu überqueren gab), war ein neuer Spitzname fällig: Böppelralphi.

Man darf daraus nicht den Schluß ziehen, daß mich meine Schulkameraden gehaßt hätten. Ich hatte gute Noten, war hilfsbereit und ließ jeden, der es wünschte, abschreiben. Kein Grund, mich zu verprügeln. Außerdem beschützte mich mein Sibirischer Tiger. Ein mächtiges Tier, um einiges größer als ich. Er begleitete mich in die Schule und lag zu meinen Füßen, meistens im Mittelgang, der die Mädchen und Buben voneinander trennte. Wenn es unangenehm wurde, klopfte der Tiger mit seiner Schwanzquaste den Boden, wandte den Kopf her und zeigte ein enormes Gebiß, das er mir gern zur Verfügung stellen wollte, sollte es zum Äußersten kommen. In seiner unnachahmlich lässigen Art wanderte er mit nach vorn, wenn mir der Lehrer befahl, mich ans Pult zu setzen und solange auf die Klasse aufzupassen, bis er wieder da wäre.

Meine Kameraden wußten, daß ich niemanden verpetzte und im Ernstfall nützlich war. Sie ließen mich in Ruhe. Zu ihnen gehören konnte ich nicht, weil ich kein Schwäbisch sprach und von den verästelten Beziehungen, welche die Degerlocher miteinander verbanden, keine Ahnung hatte. Wir hatten kein Haus (schlecht), keinen Hund (schlecht), kein eigenes Obst (schlecht), und meine Eltern saßen weder im Gemeinde- noch im Kirchenrat. Sie grüßten mit einem Kopfnicken, sagten Guten Tag oder Auf Wiedersehen, was sie im Degerloch der fünfziger Jahre zu Ausländern zweifelhafter Herkunft machte. Schwaben sind wenig neugierig. Und meine Eltern sahen keinen Grund, irgend jemandem etwas von sich zu erzählen. So blieb es, wenn meine Mutter in den Milchladen ging, wo man damals noch die Blechkanne mitbrachte, beim Hinlegen von zwanzig Pfennig und Auf Wiedersehen. Es brauchte kein weiterer Satz zu fallen. Man hatte die Milch und ging wieder heim.

Der Milchladen, ein Ort unberührter Frische! Obwohl ich Milch nicht gern trank, mochte ich ihren Duft. Alles war kühl in diesem Laden, kühl, niemals eisig. Milchmoleküle schienen im Raum zu schweben. Sie gaben ihm seine zarte Atmosphäre. Die Frau hinter der Theke lief in Gummistiefeln auf einem Lattenrost. Dick und kein bißchen hübsch, aber die Milchkönigin.

Immer habe ich mich nach Orten gesehnt, an denen der Dreck nicht die Sicht trübt. Joey war allerdings von zweifelhafter Sauberkeit. Sie muß irgendwann gekippt sein. Ich weiß nicht, wann dieses Fahrige über sie gekommen ist, das einen kühlen Engel, ein Wesen aus Schnee, Gold und Ruhe, in eine Fledermaus verwandelt hat. Lang vor meiner Zeit. Und ich hatte nicht genügend Kraft, nicht die Geduld, bei der Rückverwandlung behilflich zu sein.

Beim Schneeschippen habe ich mich wohlgefühlt, aber nur, wenn es soviel Schnee gab, daß es unmöglich war, den Gehweg frei zu kratzen. Schnee. Eine ganze Stadt erstickt in Sauberkeit. Die Autos erstikken, der Lärm erstickt. Mitunter ein Keilriemen, der quietscht. Eisblumen am Fenster. Hauben auf den Simsen. Schnee füllt gnädig alle Löcher. Die Vorstadt verschwindet unter einem Sargtuch. Gott wandert über die schneebedeckten Dächer. Gott hat mich lieb, dachte ich als Kind, sobald die ersten Flocken fielen. Er deckte meine Wimpern mit zarten Kristallen und versprach, mich in unberührten Schnee zu stoßen, wenn meine Zeit gekommen wäre.

Vielleicht hat Er mich noch immer lieb, denn während der Reise zeigte Er mir das verschneite Degerloch von oben. Ganz Degerloch unter frischem Schnee und kein Fahrzeug, das sich bewegte, und kein Mensch auf der Straße, nur das lautlose Fallen der Flocken. Wie je und je Flocken in Anmut fielen, fallen sie auf das schwarze Rechteck in der Böhmstraße, wo vor kurzem ein Auto weggefahren sein muß, und beschneien es weiß. Da geht wie von Zauberhand die Haustür auf, und heraus tritt ein Kind im schwarzen Umhang, verkleidet als Dracula und kleiner Todespopanz. Gräflich schreitet es einher, das Knirschen der Schuhe im Schnee sind die einzigen Laute, und seine Fußstapfen die einzige Spur, die sich dem Schnee eindrückt, von hoher Warte aus so gut zu sehen, daß man jeden Stapfen zählen könnte; das Herz will mir schier zerspringen über dieser Spur, denn sie gehört zu mir, der ich viermal um den Block gehe zu einem Kinderfasching mit mir als einzigem Gast.

Seit es die modernen Räumfahrzeuge gibt, die soviel Krach machen, ist mir auch der Schnee verleidet. Ich liebe das Geräusch der Schippen um sechs Uhr morgens. Wie mir überhaupt alle Leute imponieren, die früh aufstehen und mit dem Ende der Nacht kämpfen.

Welche Mühe es kostet, die Nacht hinter sich zu lassen. In der Nacht ist alles anders, in der Nacht stülpt sich der inwendige Mensch nach außen, und auf dem Wirrwarr, auf wogenden Falten, über Kanten und in Schlünden segelt sich's dahin, bis die Fahrt ins Stocken kommt, am Rand der Traumverfinsterung. Aus dem Totengewühl wachsen einzelne Gestalten empor, schrumpfen auf heimlichen Befehl wieder hin und hinterlassen ein Loch, das sich mit Kummer füllt.

Schwarz war's und schluckte alles Licht, das Loch vor dem ich zurückzuckte am Ende meiner Reise. Aus der Entfernung wirkte es winzig, stand man davor, wurde es einem groß und größer. Und in der

Mitte, ganz gegen die Erwartung, in der es nur ein Hinab gab und sonst nichts, saß eine Schraube. Die Toten benahmen sich nicht weniger ängstlich als ich, wenn sie sich dem Rand des Loches näherten und sachte, sachte wieder umkehrten. Es roch nach Lorbeeröl und Kampfer, aber nur schwach. Mein amerikanischer Vetter wußte mehr darüber: Das Loch funktionierte nach Art einer Schleuse, in der die tote Materie gelängt und gewandelt wurde.

Anziehend wirkte es nicht allein wegen seiner feierlichen Schwärze, die einen leichten Taumel erzeugte, je länger man hineinsah und nichts sah, sondern mehr durch das Gelächter, das aus ihm kam. Leises, leises Lachen, so heiter und verführerisch, bei näherem Hören trocken. Jesus, flüsterte Jack, es ist Jesus, der da drüben lacht und lockt.

Morrison, der sich zu Lebzeiten zumeist in schwarzes Leder gekleidet hatte, näherte sich dem Dunkel in seiner großspurigen Art, wiegenden Schrittes, was vom Kinn geblieben war, herausgereckt, Hals und Nacken gespannt, als könne ihm keiner. Doch seltsam, plötzlich schien ihn alle Energie zu verlassen. Bedrückt schlich er weg, verloren wie einer, für den jede Hilfe zu spät kommt.

Trübnis sickert ein. Um ihr zu entgehen, legt sich das Rudel waagrecht in den Raum. Ohne Ausnahme wird nun waagrecht im Hinterzimmer des Rösler geschwebt, mit erkaltetem Sensorium, in der Position, in der wir einst in unseren Särgen lagen, falls genug Material übrig blieb, das zur Bestattung taugte.

Wenn nicht, wird die ideale Grablage eines Unversehrten imitiert. Sterben wir noch einmal? Aber nein. Wir suchen die Nähe der Null. Das kann zwei Wimpernschläge lang dauern, aber auch Stunden. Momente, in denen sich unsere inneren Gehöre bewähren. Singen und Zirpen und Lispeln darin, Stimmen in verschiedenen Sprachen, die uns die mißliche Lage versüßen. Eine kleine Wunschmusik. Jedem die eine: seine. Ist die Trübnis gewichen, werden die früheren Positionen wieder eingenommen als wäre nichts geschehen.

16	3	2	13
5	10	11	8
9	6	7	12
4	15	14	1

Andere kämpfen um ihr Leben, mir sind innerliche Kämpfe auferlegt, Kämpflein um wenig oder gar nichts. In den Zwischenpausen höre ich mehrere abgelebte Generationen über mich spotten, sie kommen mir kräftiger, wärmer, wettergegerbter vor, als ich es bin, größer auch in ihren Sünden. Daß ich weniger grausam bin, ist vielleicht der einzige Vorzug, mit dem ich sie in Schach halten kann. Hier bin ich! Weich geboren, Gottes kreuz und quer rennendes Schlußgeschöpf! brülle ich lautlos in den Raum, und es wird verschlungen. Hier bin ich, ein Talent in der Stille, flüstere ich nach innen, rufe damit aber niemand auf den Plan, nicht einmal das Totengesindel, das selbst beim Schall der Posaunen von Jericho kaum mehr erbebt.

Mit den Toten ist Innerliches kein angemessener Gesprächsstoff. Viele von ihnen sind überzeugt, gar nicht tot zu sein, deshalb öden sie einen damit an, was sie alles sehen und hören können – wenn auch *mit entsetzlichen Ohren aus Wachs*, wie Zbigniew Herbert es ausdrückte. Zimmermann ist der typische Krückendenker, hat immer Text um sich geschart, hangelt sich von Merksatz zu Merksatz. Sobald er sich in unsere Richtung bewegt, braucht unser Held einen Gewährsmann, der ihn einen Gedanken weit begleitet. Einen Wodka bitte. Hätte er mit uns Kameradschaft geschlossen, liefe alles wie geschmiert. Unsere Gedanken kämen seinen Wünschen entgegen, und er dürfte sich frei bei uns bedienen. Aber kalt!

Zwar hatte er den Mut, uns aufzusuchen, aber alles weitere hat sein Ego verhindert. Vor allem: keine Geduld. Etwas mehr Bereitschaft, sich in uns zu versenken, und er hätte erfahren, was mit jedem von uns los ist, was sich hinter dem Pfeifen im Wald verbirgt. Wir hätten ihm unser Leid in die Seele geblasen, und er wäre mit unermeßlichen Schätzen heimgekehrt. Statt dessen maß er uns an den Worten seiner Dichter und Denker. Darüber ist ihm das Herz geschrumpft. Hängt nun im Leben wie ein ausgewrungener Lappen, untauglich als Bote zwischen den Reichen.

Durst habe ich und schütte den Kaffee in mich hinein. Aus einer langen Reihe deutscher und deutschester Menschen hervorgekrochen, nun denn, wohlan ich! oder vielmehr: was sich da zusammenkrampft unter meinem Namen. Auf solcher Ichheit liegt kein rechter Segen, sie hockt bedrückt und kann nicht raus aus ihrer Arrestantenecke. Wie recht Jean Paul hatte mit seiner Bemerkung: *Das geistige Universum wird durch die Hand des Atheismus zersprengt in zahllose quecksilberne Punkte von Ichs, welche blinken, rinnen, irren.*

Daß man immerzu und auch noch ungeniert *ich* sagen darf, sagen muß, *ich* und *mich* und *mir* und das Ganze wieder von vorn, daß davon geschmiert ein Rechtfertigungsmaschinchen anspringt, sobald wir sprechen können, und nimmer enden will bis zum letzten Atemzug, welch eine Katastrophe. Offenbar stört es niemanden, offenbar spricht man allseits unter demselben Zwang. Versuche mir jetzt fest in die Augen zu sehen und mir zu glauben, wie gern ich, Ralph, mich, Ralphi, vermeiden würde, wenn nur gewußt würde, wie weiterkommen im Bericht, ohne fortgesetzt den Federbusch meines Ichs aufzustecken. Tyrannisch drängt er in bald jedem Satz wieder an die Höhe. Wenn ich zum Beispiel Aisikaier wäre, jener chinesische Artist, der gerade sechsundzwanzig Tage auf dem Drahtseil verbracht hat, wäre es ja selbstverständlich, daß man meinen Aufführungen aus purer Neugier folgen müßte. Sechsundzwanzig Tage, das sind fünfundzwanzig Nächte in einer kleinen selbstgebastelten Hütte auf einem Seil über einem Damm in der chinesischen Provinz Sichuan, voll mit chinesischen Träumen vom Schlummern auf chinesischer Erde.

Schlaf ein, schlaf ein, mein Blondengelein, süßer Morphinschlager aus den Zwanzigern, der aus einem Gedächtniswinkel heranschwirrt und doch eigentlich für Leute geschrieben wurde, die mit glitzerndem Stirnband durch die Nacht flattern. Meine Eltern liebten *Reite, kleiner Reiter* von Rudi Schuricke. Beehre mich, jeden, den es interessiert, wissen zu lassen, daß mein Schlaf zerstückelt ist oder aber, daß ich schlafe, wie mit dem Sandsack geschlagen. Seit ich von dort zurück bin, ist mir der Schlaf erzeugende Dämmerzustand verwehrt. Ich schlafe, wache, schlafe, wache, und nichts dazwischen. Es könnte geschehen, daß mich mitten im Frühstück, während ich die Eierschale mit den Fingern zerkrümele, der Schlaf erwischt.

Jeder hat einen Christus, der in ihm wacht. Hat jedenfalls Henri Michaux behauptet. Michaux ist nicht zu trauen. Er behauptete so allerlei, gefiel sich darin, nach den entgegengesetzten Ecken zu boxen, setzte die Evangelisten in die Winkel eines Quadrats und ließ sie von dort gegeneinander antreten. Mein Christus wohnt in meiner Stirn, er schläft mit mir und wacht mit mir, schlägt mich mit Kopfweh, wenn ich ihm zuwider handle. Es ist hoffentlich klar, daß ich nicht zu den Typen gehöre, die locker durchs Leben gehen, locker ihre Hände in den Taschen behalten, locker die Füße auf den Schreibtisch legen, locker zu einer Frau sagen, wenn sie sie ein bißchen beleidigen wollen: *All the women come and go, talking of Michelangelo.*

Eheanbahnungsinstitute sind der reine Schwindel, man sollte Schlafanbahnungsinstitute gründen. Zur Probe wird ein fremder Schoß ausprobiert, ob man darin einschlafen kann. Wenn ja, gut. Joey hat mich in allen möglichen Stellungen zum Einschlafen benutzt, als Kissen, Stütze, Lehne. Sie mochte es gern, wenn meine Hand leicht wie Flaum auf ihr ruhte.

Weil ich stillhalten konnte und jede Unbequemlichkeit auf mich nahm, war ich der Schutzgott ihres Schlafs. Umgekehrt hat es nicht funktioniert. Sie hätte mich als Schläfer keine Sekunde geduldet. Ich höre sie murmeln, sie schiebt ihre langen Beine zurecht, der Schlaf kommt geglitten, und schon ist sie weg. Er kann es kaum erwarten, wieder ins Bett zu kommen. Der Mann sollte sich nicht beklagen. Joey ist eine treue Schlafbegleiterin, und das gesamte Rudel ist zur Stelle, wenn Joey als Wachposten nicht reicht. Wir reißen natürlich unsere Witze, wenn sein Mund schlaff wird und Speichel auf sein Kopfkissen rinnt. Als Schläfer ist er in Ordnung. Die meisten Männer sehen schlimmer aus, wenn ihr Bewußtsein erlischt.

Eine weitere Eigentümlichkeit ist mir geblieben, seit ich von dort zurück bin: fasse ich meine Wange oder mein Kinn, spüre ich deutlich das Gebein. Mein Totenschädel ist mir vertraut; was an Fleisch und Haut noch übrig ist, liegt wie feiner Knitter darüber. Seither gehe ich mit meinem Gesicht zart um, es soll sich nicht noch stärker abnutzen. Meinen Fingern merkt man die Abnutzung inzwischen an. Sie sind unstet, gehorchen nicht richtig, die Kuppen von Zeige- und Mittelfinger der rechten Hand braun verfärbt vom Rauchen.

Damals, einundachtzig, war ich natürlich in Form. Was sagt mein französischer Boxchamp dazu? *Auf dem Gipfel seiner selbst, dem Höhepunkt seiner Form, sucht der Mensch über den Haufen geworfen zu werden.* Ich war auf dem Höhepunkt meiner Form, als ich Joey in der Wartehalle des Flughafen Frankfurt begegnete, zumindest, was meine Camouflagetechnik betraf. Äußerlich ein unscheinbarer Kompromißler, innerlich ein glühendes Nadelbeet.

Die Hinwendung geschah mit allen Fasern, Molekülen, Atomen. Trotzdem hatte ich mich in der Gewalt. Kein unbedachtes Wort. Keine überhastete Bewegung. Ich blieb die Ruhe selbst, ein Beobachter. Um einen vollkommen gezügelten Menschen ist viel Anmut, das ahnen Leute, deren Mienen jeden Moment mit dem Auseinanderfahren drohen, aber den Preis dafür kennen sie nicht. Kann sein, daß ich niemals der Mann war, für den ich mich gerade halte, und doch kommt mir vor, daß ich von einzigartiger Selbstverständlichkeit bin und dabei tot oder lebendig an eine Frau gefesselt, deren Schritte sich niemals im Gleichklang mit den meinigen befanden. Das ist natürlich Unsinn. Eine seiner üblichen Exaltationen. Gerade jetzt, da er mit der Hand auf das Tischtuch tappt, gehen Joeys feinstoffliche Finger im selben Rhythmus auf und nieder.

Meine alte Liebe zu den Kettensträflingsliedern. Ihr schwerer, schleppender Beat. Taucht der Name *chain gang* auf, das tiefe melancholische Zischen in *chain*, bin ich woanders. Man sollte die Sträflinge wieder in Ketten schließen, um ihnen ihre Würde zurückzugeben. Es dürften aber nicht diese modernen Mickymauskettchen sein. Ein moderner Sträfling ist ein lachhafter Zimmerbewohner, nichts ist ihm auferlegt außer der Langeweile. Wir verachten ihn. Unmöglich, einen Chain-Gang-Mann zu verachten. Er ist das Urbild der Bürde. Der geschlagene Kain, der den Respekt auf sich zieht, weil er unsere Sünden stellvertretend begangen hat und dafür schuftet. Beim Anblick einer chain gang machen wir uns auf den Heimweg ohne ein weiteres Wort.

An der Pingpongplatte waren wir ein unschlagbares Doppel. Gegen die Nachbarn der Insel zu gewinnen, wurde zur vergnüglichen Routine. Joey holte jeden Ball aus der Tiefe und schmetterte ihn mit ihrem langen Arm von weit hinten zurück, ich konterte auf kurze Distanz und machte unsre Gegner mit meinen angeschnittenen Anarchobällen verrückt. Wir kamen uns nie in die Quere und erledigten die anderen souverän, gönnten ihnen manchmal absichtlich einen Punkt, damit sie nicht gänzlich die Lust verloren, sich an uns zu messen.

Ich sah sie untergehen. Im November 1981 wurde ein Totenschein auf Johanna Skrodzki ausgestellt. Was mich seither umtreibt, ist die von diesem Schein gedeckte Vergangenheit. Der Anblick einer Frau, die untergeht, ist schwer zu ertragen; in der Schicksalshülse knackt's und knistert's, während ein zerzogener Mund die besseren Tage von einst aufruft. Bei einem Mann gehen wir davon aus, daß ihn die Sorge begleitet, er sich eines Tages abwendet und geht. Gesegnet sei sein Untergang. Eine Untergeherin ist etwas vollkommen anderes. Nichts unter Kontrolle. Ein ausuferndes pointenloses Geschlinge. Wiederholung, Wiederholung, Wiederholung. Machtloser

Kopf, aus dem das Unheil bricht, unfähig, aus seiner Geschichte zu verschwinden. Daß Joey im Hinterhof ihrer Seele das Gerümpel der deutschen Geschichte gelagert hatte und Stück um Stück hervorzerrte unter Maulen Keifen Furzen, machte es nicht leichter.

Von der Geschichtsbegierde waren wir beide umgetrieben, mein Undergroundweibchen und ich. Joey wanderte mit ihren makellos langen Beinen über die Trümmerländer aus naher und ferner Zeit. Ein Medium zum Einfangen der Vergangenheit mit tiefer, tiefer Stimme. Kleines Interview mit dem Führer gefällig? Für Joey kein Problem. Sich die Gewalt der Nibelungen reinziehen wie einen extradicken Joint? Nichts lieber als das.

Ich bin's sagt Jakob, sagt Josef, sagt Jesus. Keine Angst, ich bin's, sage nun, vom Gewitter all meiner nichtbegangenen Gewalttaten erleuchtet, ich.

Ein Peha-Ralphi darf sich einbilden, seine Webart sei eine Spur feiner als diejenige eines Ef-Ralfis. Dasselbe Spiel bei den Carls mit Ce und denen mit Ka. Vielleicht war's das Peha, das aus mir einen Bücherwurm machte und mich zu einem Liebhaber der Geschichte werden ließ. Kaiser Friedrich der Zweite, der sizilianische Friedrich, und der Dreißigjährige Krieg, ein helles und ein dunkles Extrem, mit denen ich mich am intensivsten befaßt habe. Und natürlich mit den Hülsen und Häuten der finsteren Jahre. Spezialgebiet: Herumkramen im Gauleitermüll der Provinz. Alles, Dreck wie Glanz, ist eingeschlossen im großen Geschichtsbild, an das ich gebunden bin. Aber die Euphorie der Leute um Stefan George teile ich nicht, die ihren Mumm aus dem Kraftquell einer großen kaiserlichen Persönlichkeit sogen, die ihnen alles bewies, was ihr inneres Traumgetreibe ersehnte und wegbewies, was sie verabscheuten.

Ich leide an einem anderen Beweistick und treibe mich damit selbst in die Verzweiflung. Wenn jemand einen Satz anfängt, denke ich ihn zuende, bevor er ausgesprochen ist, und liege damit – mir zum Beweis – meistens richtig. Liege ich falsch, hat sich mein vorauseilender Gedanke telepathisch mitgeteilt, und der Sprecher rettet sich mitten im Satz woanders hin, um der Blamage zu entgehen. Womit der Beweis meiner korrekten Vorausschau ebenfalls erbracht wäre. Gottlob verfalle ich dabei nicht der Unsitte, laut dazwischenzugehen und meinem Gegenüber die Freude am Sprechen zu verkürzen. Aber die Zurückhaltung strengt mich an, und es ist daraus leicht zu entnehmen, wie sehr mich die Konversation der meisten Menschen anödet.

Bei Joey nützte meine Methode nichts. Sie beendete ihre Sätze nie und setzte die Pausen unberechenbar. *Ob du* – Ob ich was? Der Rechtswahrer deiner Sätze bin? Uns hochreiße in die ewige Glückseligkeit? Die Pause machte mich komplett verrückt. Vielleicht zog mich ihre Art zu sprechen deshalb an. Obwohl oder gerade weil die Satzstummel einen so dürftigen Inhalt transportierten. Sie blieben in der Luft hängen, schwankten hin und her, schauten mich an, als hätte ich was ausgefressen, für eine quälend lange Zeit, während der ich aus Verzweiflung einen ganzen Schwall lautloser Vervollkommnungssätze bildete. Was er nur wieder hat. Joey: Blick ins Leere. Andy: bißchen Theater, als wolle er einen Film verknipsen, während Zimmermann umständlich den Wodka prüft. Edie: Küßchen links, Küßchen rechts, Westcoast-Eastcoast-Geflatter mit klirrendem Ohrschmuck. Wir geben uns Mühe. Was an Geklirr hinüber reicht in seine Welt, soll unser Mann bekommen.

Leer. Zwei Tassen sind leer getrunken, und die Uhr zeigt 41 nach 10. Den Aschenbecher könnte man mal auswechseln. *Helmut Newton ruht neben Marlene Dietrich*, lese ich, keine korrekte Überschrift, denn noch ruht der Leichnam nicht auf dem winzigen Friedhof im Süden Berlins, es ist nur ein Plan, der bald ins Werk gesetzt werden soll. Berlin will auch ein Museum einrichten, darin eine private Ecke mit den Spielsachen des Photographen, einer lebensgroßen nackten Puppe, die im Kopfstand an der Wand lehnt, einem silberblauen Miniaturjeep und außergewöhnlichen Kleidungsstücken. Für einen Moment sehe ich die Mumie Leni Riefenstahls im Kopfstand an der Wand, ein selbstgebasteltes Bikinihöschen von Newton über dem vertrockneten Schamhaar. Der Herrgott gibt's, der Herrgott nimmt's und läßt uns als einsame Grübler zurück.

Der Herrgott weiß, was ich alles für ihn gebastelt habe. Zuhause gab es immer was zu basteln. Hutzelmännchen, Nußschiffchen, Girlanden, Andachtslichter, Sterne aus Goldpapier oder Stroh, Wachspüppchen mit Engelshaar, Ochs und Esel für die Krippe, Lesezeichen aus Leder. Hätte man mir befohlen zu häkeln oder zu nähen, hätte ich ohne mit der Wimper zu zucken gehäkelt oder genäht. Ich hatte die Geduld dafür und Finger, die gehorchten.

Carl Fredrik Hill wandte sich ans Universum und sah dort den Christusfinger auf sich gerichtet. Eben noch hatte er zart seinen Namen ins Universum gezeichnet, da erschien der Finger. Gehorche, bedeutete ihm der Finger, und nimm das Kreuz. Wer sich – wie zuweilen ich – als überschüssige Volksameise sieht, der sucht und sucht, aber der Christusfinger dreht sich in alle möglichen Richtungen, nur nicht in die eine, auf die es ankommt.

Das Leiden unseres Herrn Jesus Christus nahm ich ernst, ernster als meine Eltern, die an der Oberfläche Christen waren und nur an wichtigen Feiertagen in die Kirche gingen. Jesus blickte nachts durchs Fenster in mein Zimmer, um zu prüfen, ob alles aufgeräumt war und die Schuhe nebeneinander standen, auf den Millimeter genau. Schwieriger war, daß er auch in mein Herz blickte. Und da sah es manchmal nicht schön aus. Für Jesus alle Tage ein kleines Fest. Wenn er so viel für mich gelitten hatte, konnte ich wenigstens die Mühe aufbringen, Ordnung zu halten. Jesus wäre traurig gewesen, wenn ich meine Kleider auf einen Haufen geworfen hätte.

Natürlich gab es auch Beschäftigungen, die eher zu einem Buben passen. Der ganze Modellbaukram.

Segelflugzeug, Auto, Drachen, Schiff, die Seydlitz. Meine friedlichen kaiserwilhelmtreuen Finger fummelten an der Reling eines Schlachtschiffs herum, machten sich auch gern an den roten Papierstreifen mit den aufgedruckten Pulverhäufchen zu schaffen, brachten sie an der rauhen Wand des Hausflurs zum Krachen. Das bißchen Höllengeruch, der sich dabei verbreitete, bescherte mir einen tollen Übermut. Wie gern hätte ich unser Fräulein Heinz in die Luft gesprengt. Nicht um ihr zu schaden, bloß um zu schauen, was in ihr drin steckte. Danach hätten die Modellbaufinger sie wieder zusammengesetzt und ihr die Kreide an die Hand geklebt, und das Fräulein Heinz hätte weiter ihre Buchstaben an die Tafel malen können. Möglicherweise war ich ein Bub wie so ziemlich alle Buben in Degerloch und bilde mir meine Besonderheit nur ein.

Hatte das Wort *Bub* ihn erschaffen? Ausgiebig in Kontakt kam ich mit einem Degerlocher Kind, das ich niemals in Fleisch und Blut sah. Es lebte hinter der dünnen Wand, an die mein Bett grenzte und wahrscheinlich auch seins. Eine Nachtexistenz, ich wußte nicht mal, ob es überhaupt ein Bub war. Es wurde mir bloß wie ein Stichwort eingegeben, das da drüben, an der anderen Seite der Wand, sei einer. Er weinte Abend für Abend, eher ein Greinen, hoch, dünn, kläglich, mein Doppelgänger hinter der papierdünnen Wand. Auf den ich horchte in der Nacht, ohne den ich bald nicht mehr in den Schlaf fand. Er heulte, und Ralphi ging mit seinem Ich in Serie –

Mama weint, und ich bin froh, Fräulein Heinz weint, und ich bin froh, Papa weint, und ich bin froh, die SPD weint, und ich bin froh, Bohnenstroh, Jubilo, weg war Ralphis Ich.

Beweise? Man verlangt Beweise, daß es ihn gab? Fast jeden Abend war Gepolter zu hören, die zänkische Stimme einer Frau, danach das Weinen. Den Mann, der dazugehörte, bekam ich manchmal zu Gesicht, dünn, lang, immer mit abgewetzter Ledermappe. An die Frau kann ich mich nicht mehr erinnern. Meine Eltern unterhielten keinen Kontakt zu Leuten aus der Siedlung, deshalb liefen Gerüchte nicht bis zu uns nach B drei hoch. *Weidlich* sagte das Namensschild dritter Stock rechts am Aufgang A. Weidlich ist manchmal unaufgefordert da, drückt sich herum in irgendeinem Winkel, ist aber nie ganz bei sich. Eine verlorene Substanz, die Mühe hat, sich zu versammeln.

Meinen Wandzwilling traf ich nie auf der Straße, es blieb bei seiner Kissenexistenz. Er füllte mein Kissen mit seinem Weinen, bis ich darauf schaukelte wie auf einem Meer.

Wenn Ralph uns darum bäte, wären wir bereit, das Rösler mit einem außerordentlichen Weinen zu füllen. Ein Weinen, wie es hier noch nie vernommen wurde, bei dem man sich nach einiger Zeit fragt, ob man recht gehört hat, ob sich vielleicht eine hinterlistige Komik darin zu bemerken gibt. Wir wären sogar bereit, es auf eine Kraftprobe ankommen zu lassen. Mal sehen, ob wir nicht die eine oder andere

Dame, die so ruhig an ihrem Tisch sitzt, dazu bringen können, daß sie den Kopf hebt und sich umsieht. Aber im Moment sind unsere Dienste nicht gefragt. Zimmermann ist anderweitig beschäftigt.

16	3	2	13
5	10	11	8
9	6	7	12
4	15	14	1

Die Sesselchen im Rösler sind gut gepolstert. Aus bequemer Position verhandelt man mit dem Personal.

Noch einen Wodka bitte.

Ich deute auf den Aschenbecher. Jetzt hat sie kapiert, daß ich auf Reinlichkeit halte. Reinliches Bettzeug, reinliche Teppiche, reinliche Unterwäsche, perfektes Badezimmer. Als ich noch in meiner Tübinger Besenkammer wohnte, fuhr ich am Wochenende heim, und Mama kümmerte sich um meine Wäsche. Inzwischen kann ich es so gut wie sie, vielleicht bügle ich sogar noch eine Spur exakter. Stimmt's? Aber ja. Agnes lächelt. Sie ist sehr stolz darauf, wie ordentlich ihr Sohn seinen Haushalt führt. Nur der Wodka macht ihr Kummer.

Die Kissenbezüge werden alle drei Tage gewechselt. Die Reinlichkeit des Kissens steht bei mir ganz oben auf der Liste. Was mich mit August Strindberg verbindet, der es mit Kissen auch genau nahm. Verfolgende Spione, heimtückische Frauen, zerwühltes Seelenleben, Brustenge, Gepolter, Möbelrücken, schleifende Tanzschritte über seinem Kopf, Surren unbekannter Insekten, ihr Verbrennungsgezisch an der Lampe, Spott der Vögel, sich von selbst aufblätternde Bücher mit Brosamen auf schlagenden Sätzen, Zermahlenwerden zwischen dem Mühlstein Gott und dem Mühlstein Teufel, Piepslaute, leckende Zungen, Abtrittkästen, Kokotten in sämtlichen Fensterlöchern – all das mußte ertragen werden. Aber nein, nun nichts mehr davon. Der nordische Finsterling schien vollkommen versöhnt, spielte mit einem Kissen, zwickte es zurecht, offenkundig mit Vergnügen, denn es nahm unter seinen Fingern die Form eines Mädchenkopfes an und plapperte französisch, deutsch, schwedisch mit ihm, ganz in Richtung seiner Wünsche. So von Strindberg zu reden, bedeutet aber nur, eine Luftgeschwulst ehren, die dort unter dem Namen des berühmten Dramatikers umgeht.

Zu Lebzeiten war Strindberg ein Naturkundler der besonderen Sorte. Er traute nur seinen Einbildungen, verfuhr mit den Beobachtungen anderer Forscher recht eigenwillig und ließ sich überhaupt nicht belehren. Was ihn seit der Trennung von Siri umtrieb, studierte er am fünfstrahligen Seestern. Man glaubt es kaum, aber dieser in Zacken ausgezogene Wurm bringt es fertig, sich selbst zu zerreißen. Zuckungen leiten das Drama ein. Eine Partei, gebündelt in Sternenarme, will von der anderen los. In der weichen Grube platzen Nervenstränge, Gefäße und die harten Gerüstteile. Der Magen wird mitten entzwei gerissen. Die eine Hälfte macht sich mit drei, die andere mit zwei Strahlen davon. Ein Drama im Kleinen, wild und stumm. Es dauert nicht lang, ein Klebstoff heilt die verwundeten Stellen, die fehlenden Arme sprossen nach, und man sieht auf dem Meergrund einen jungalten und einen altjungen Stern, jeden auf eigene Rechnung und Gefahr, seine Beute betasten.

Mit Joeys Tod wurden mir Teile entrissen, und sie sind leider nicht nachgesprossen.

In der Nacht nahm ich ein Boot und fuhr mit ihr den Neckar entlang. Im Traum ist der Neckar noch ein Neunzehnjahrhundertneckar, windungsreich, idyllisch, und meine Joey ist in Topform, in ihrem weißen Hosenanzug aus den Sechzigern. Sie sagt nichts. Damals, als ich sie nur von der Plattenhülle kannte, hat Joey kaum gesprochen. Es genügte, ihr sphinxhaftes Gesicht in den Raum zu halten, es genügte, auf die Bemerkung, daß sie nichts sage, mit tiefer Stimme zu antworten *why should I*, und ein Schwarm Amorpfeile schwirrte durch die Factory und hakte sich in den Leuten fest. Nur den unter seiner weißlichen Aureole begrabenen Warhol trafen sie nicht, da hatte Julia Warhola vorgesorgt. Andy widerspricht nie. Unternimmt nichts gegen Blitzanalysen aus der Ferne. Ist immer noch gut gelaunt, der Junge. Der einzige von uns, der gern hier zu sein scheint.

Glatt, weich, unter Vogelgezwitscher gleiten wir dahin, Weidenzweige hängen über die Ufer, die Blütenfahnen hoher Gräser neigen sich uns zu. Wir fahren im Schatten eines Waldes, an Neckarsteinach vorbei, dann öffnet sich der Blick auf Wiesen und Hügel, die Wiesen in schaumig leuchtendem Sommerflor, darin weiße Kopftücher und Hüte. Aus der Ferne könnte man die Leute auf den Feldern für Paradiesgärtner halten; auf dem Sand der Wege Fuhrwerke mit vorgespanntem Vieh, die Luft erteilt ihren Segen, Gesang schwebt in ihr, die Ruder tauchen lautlos ins Wasser, Blumen schwingen hin und her. Aus dem Blick gerückt, was schwitzt und verendet hinterm Stall.

Ja, wir treiben durch ein schwäbisches Paradies, und ich habe einen Engel im Boot, der mit mir durch die Zeit fährt und dem Grasrupfen von Lämmern und Kühen lauscht. Dunkelheit strömt aus den Augen meines Engels, kornblumenblaue Dunkelheit, wir sind beide weiß gekleidet, doch lebendigen Leibes und ausersehen, eine reglos gestellte Landschaft im Moment der Vollendung ihrer Schönheit zu bezeugen.

Irgendwas stimmt nicht mit Joeys Gürtel, irgendwas ist falsch an ihrem Mund. Gute Gelegenheit, bißchen Dampf abzulassen, sagt Joey. Aus ihrem Gürtel zischt's. Feine Düsen verspritzen eine tintige Flüssigkeit, sie schwärzt mich, dann das Boot, das Wasser, Wiesen, Hügel, die Burg, den Himmel. Mehr geht nicht, sagt Joey, als alles dunkel ist. Ich bitte sie, doch wenigstens die Menschen zu verschonen. *Menschenverschonen*, äfft Joey mich nach, ihr Gesicht ist ganz weiß und leuchtet wie der Mond, aber ihre

Zähne sind schwarz. Bin bereit, jeden möglichen Anteil an Schuld dieser Leute auf mich zu nehmen, erkläre ich tapfer. Why should you? sagt Joey und verzieht ihren Mund in die äußersten Lächelwinkel, da bröckelt der Traum weg. Damit keine Mißverständnisse aufkommen: Joey auf Neckarfahrt, das geht allein auf sein Konto. Wir haben den Traum nicht geschickt. Wenn wir im Traum auftauchen, dürfen wir allenfalls intensiver grinsen, bißchen drekkiger lachen, als der Schläfer es wünscht.

Wie gesagt, ich bin gern sauber. Eine Beschmutzung, und sei sie nur im Traum erfolgt, kann mir tagelang zu schaffen machen. Meine lautlose Neckarfahrt, das war in der Nacht von Donnerstag auf Freitag, und noch immer fühle ich mich davon besudelt.

Strindberg war ebenfalls Beute von Beschmutzungsängsten und wurde geprüft bis auf den Grund. Der Herr hatte ihm Beschmutzungen auferlegt. So sprach zu ihm der Herr, HErr: Dein Nervenfluidum habe ich mit Schmutz versetzt, was dich daran hindern wird, weiter in Vertraulichkeiten mit mir zu schwelgen. Strindberg wurde fortan beschmutzt vom Blütenstaub hervorquellender Blumen, war den fragenden Blicken der Stiefmütterchen ausgesetzt, die ihn verfolgten mit ihren breiten, anscheinend so unschuldigen Gesichtchen. Erkaltet und entnervt übersah er die Schauplätze seiner Geist- und Liebesorgien, Absinthorgien, Schandorgien. In hochrosenrotem Schein glühte sein persönlicher Kalvarienberg.

Und nun ein vergnügter, kichernder Strindberg bei seinen harmlosen Kissenspielen. Das Kissen weiß und rein, kein Schweiß, kein talgiger Haarduft in ihm. Gott? Strindberg gluckst vor Lachen. Wer? Gott? Alles, was im Leben verkehrt ging, geht nun gut.

Gewisse von Dichtern empfangene Heldenideen wachsen in mir auf und bestimmen mich zum Retter Deutschlands, zumindest, wenn ich nicht ganz bei Trost bin oder mehr als vier Schnäpse intus habe. Ralph Zimmermann, einsachtundsiebzig, dunkelblond, achtundsechzig Kilo, an die zehntausend Bücher gelesen, wendiger Pingpongspieler, Muskeln solala, Kondition solala, aber der Retter Deutschlands. Tchacadou! Ideeninhaber, ausgerüstet mit einem Störsender, der die deutsche Geschichte anpeilt und in ihren Schicksalsmomenten das Programm angreift und überlagert. Das Ziel geht dahin, besonders dem Schwabenland seinen in Augenblicken des Glücks gewonnenen Paradiesbestand zu sichern. Tchacadou, Schwabenglück! Klingt albern, ist es auch. Fick dich lieber ins Knie, würde Joey sagen, der ich meine Ideen nie anvertraut habe, vielleicht, weil ich argwöhnte, daß sie ähnliche hegte, wenn auch ins Perverse getrieben und natürlich nicht aufs Schwabenland bezogen.

Die Kellnerin hat mir Toast und zwei Eier im Glas hingestellt. Gestern Nacht im Fernsehen sah ich Belmondo vor vier geköpften Eiern sitzen, er tauchte ein Brotstück von der Form einer Pomme Fritte in die Eier, um das Gelb abzuschöpfen. Was für ein

Blödsinn! Vier geköpfte Eier werden kalt, bevor man sie essen kann. Jeder Trottel weiß, daß eins nach dem andern geköpft und geleert werden muß. Die Potenz eines kalten weichen Eis geht gegen Null. Dagegen zwei warme Eier im Glas! Sie glitschen im Kreis, bis der Löffel eins erwischt und in den weichen nachgiebigen Bauch dringt. Gelb quillt heraus. Warm abschöpfen! Manna!

Noch einen Wodka.

Schweigend sieht mich die Kellnerin an, als ich ihr das leere Glas aushändige, paar Sekunden länger als üblich steht sie da schweigend. Wir begutachten ihn mit allergrößter Vorsicht. Sind wir nicht seine Rettungsmannschaft? Seine dienstbaren Ätherleibchen? Mal abwarten, was er treibt. Joey sollte ihm übers Haar streichen, vielleicht läßt Andy etwas Glanz auf sein Ei fallen. Da ich mich höflich benommen und nichts verschüttet habe, rasiert bin und gewaschen, gibt es keinen Grund, mich anzusehen. Vielleicht hat sie meinen aus Traum und Unruhe gemixten Zustand bemerkt. Wie in einer Dallmayr-Werbung wird die Kaffeeschale in die Hand genommen, die zernagte Oberfläche des Zuckerwürfels andächtig betrachtet; er taucht ein und wird als Versunkener betrauert.

Ich zögere, diese epiphanischen Leuchteier zu verletzen. Aber der Hinterkopf der Kellnerin eignet sich nicht für einen Engel, sein unsauberes braunes Gekräusel bewirkt, daß ich den Löffel ansetze.

Das mit den Eiern im Glas stimmt nicht. Gut gemacht. Auf Andy ist Verlaß. Habe mich nach der

Leuchtkraft zweier Idealeier gesehnt und sie deshalb erfunden. In Wirklichkeit mußte ein halbhartes Frückstücksei aus dem Becher herausgekrümelt werden, Potenzgewinn und Freude gleich Null. Meine Finger spielen nun mit den Resten der Schale auf dem Tischtuch, die Eihäute sind schon von ihnen abgezogen und zu Würstchen gezwirbelt. Schiebe alles zusammen und packe das Zeug in den Eierbecher. Wobei mir wieder mal auffällt, wie häßlich ein verschmierter Eierlöffel aussieht.

Meine innere Stimme sagt mir, daß ich dabei bin, meinen Auftrag zu verraten. Das Verzetteln hat begonnen. Wenigen Menschen ist es vergönnt, aus dem Jenseits wiederzukehren. Sie werden als Berichterstatter zurückgeschickt. Gescheucht, Ralphi, sie werden gescheucht. Erwin hebt den Finger: Schon vergessen?

Der Auftrag ist ihnen förmlich eingebrannt. Kehr um und sag, wie's dort zugeht. In klaren, einfachen Worten. Erwachen nach dem Tode. Wie zurechtgefunden. Welchen Irrtümern aufgesessen. Wem begegnet. Welche Lehre daraus gezogen, falls es eine gibt. Ob Sehnsucht nach dem wirklichen Leben. Ob wiedergewonnenes Leben ein Geschenk. Ob es das Gute gibt, ob das Böse, ob Gerechtigkeit. Wenn ja, wie steht's mit Belohnung und Strafe.

Der Eindruck von der Fahrt ist notgedrungen ein persönlicher und mit dem Leben verbunden, das im Hier geführt wurde. Als Berichterstatter ist man jedoch gehalten, es mit den Fakten genau zu nehmen und sich nicht an Foppereien zu verlieren. Eines ist sicher: das Interesse an der Zeitlichkeit verliert, wer dort war, und kann es bei der Rückkehr nicht wiederfinden. Um mich zu vergewissern, daß ich mit der Zeit wandle, schaue ich immerzu auf die Uhr. Jetzt wieder? Ja: 10 Uhr 59.

Nichts stimmt, alles schwebt; aber es soll sich vielleicht schwebend halten, um nicht falsch zu werden, schrieb Strindberg in sein Blaubuch, und das trifft besonders zu, wenn man vom Jenseits erzählen will. Ein zu konkreter Schritt, beschrieben, als wäre er auf einer asphaltierten Straße erfolgt, und schon ist alles falsch. Schlimmer noch, es kann nicht wieder gut gemacht werden. Man denkt sofort: So ein Jenseits ist Unfug, ich glaube kein Wort mehr. Das erklärt die Anläufe, die ich nehmen muß, um dahin zu gelangen, wohin ich gelangen will – in diesen weiten Raum, in dem Schritte zwar gemacht werden können, aber so, als wäre alles bepelzt, der Schuh, der Boden, sogar die Hand, mit deren Hilfe der Schritt hingeschrieben werden soll, bepelzt. Die berühmte Pelztasse auf der Pelzuntertasse mit dem Pelzlöffel wirkt nicht umsonst so stark. Sie ist sinnenverdrehend, fast ein Jenseitsobjekt, aber eben doch keins, denn dafür ist sie zu habhaft, zu präzise tierpelzhaft. Obwohl die Fellhaare, wo sie in den Biegungen wegstehen, einen besonderen Schwung anzeigen, eine Schleuderbewegung und zugleich Schleudersträubung hinaus.

Zwar ging das Zeitgefühl verloren, aber nachdem die ersten Schritte getan waren, zeigte sich ein Weg.

Weg ohne Anfang und Ende durch ein gelbweißliches Blachfeld, auch der Weg weißlich und erst recht die Figuren, die den Weg säumten. Sie regten sich kaum, wirkten aber nicht wie Statuen und waren nicht aus Marmor gebildet, sondern aus einer leichten, etwas durchscheinenden Materie, Luft und Staub durchmischt mit fahlem Schnee. Sich hier kompakte, glitzernde Schneemänner oder Schneefrauen vorstellen zu wollen, führt in die Irre. Es war auch nicht kalt, eine Temperatur wurde gar nicht gefühlt. Hinter den Figuren am Wegrand standen Millionen anderer, eine unabsehbare Menge, dicht aufgerückt, sich ebenso still und reglos haltend wie die Vorderleute. Ein enormes Begrüßungskomitee, nur daß mich niemand willkommen hieß und sich niemand über mein Erscheinen freute. Angesichts der Unendlichkeit des Weges fühlte ich Erschöpfung, keine körperliche, sondern eine geistige.

Es dauerte, bis ich mir die Leute im einzelnen ansah und manche von ihnen von fern Erinnerungen weckten. Das Erkennen selbst geschah nicht wie sonst, sondern in zäher Gedehntheit. Erst formte sich der Gedanke *auf der rechten Seite ist einer klein wie ein Kind*, danach das Wort *Degerloch*, nach einer Pause *Albschule*, nach noch einer Pause *Bank*, und dann, als hätte man höhererseits Mitleid und sich entschlossen, einem Beschränkten auf die Sprünge helfen, wurde mir *Epplestraße* eingesagt. Ja, es war der kleingebliebene Knopp. In das Kindergesicht von einst hatten sich die trostlosen Züge eines Erwachsenen geschlichen. Er wirkte so fremd, daß ich alles Zutrauen verlor, ihn anzusprechen.

Mama und Papa erkannte ich schneller. Aber es dauerte lang, bis sie die Köpfe hoben und die schweren Augenlider in die Höhe gingen. Bis sich aus ihren stillgestellten Hirnen *Ralphi* löste, dauerte noch länger und wurde mir eine Pein. Um eine Vorstellung zu gewinnen, tastete Mama mit den Fingern der Rechten ins Leere. Im Moment, da sie begriff und mit einer winzigen Verzögerung auch Vati begriff, sprangen die Knöpfe von ihren Kleidern, und an Mamas Finger erglühte die Stelle, an der früher der kleine Rubinring gesteckt hatte. Joey entdeckte ich später woanders, und sie reagierte sofort. Das seltsame Knöpfespringen wiederholte sich nicht.

Alles in allem war das eher eine deutsche Mannschaft, die da Spalier stand. Luther und Robert Bosch waren darunter, Kulenkampff, Friedrich Gundolf und Kurt Georg Kiesinger, aber auch Herr Schrempf, der Hausmeister aus unserer Siedlung, der auf seinem Garderobenbrett im Flur zur Abschreckung eine Polizeimütze liegen hatte. Natürlich waren Frauen darunter, Marieluise Fleißer und die Milchkönigin, welche einander ähnelten, die Frau aus Kaiserslautern, bei der wir auf der Insel wohnten, auch Else Lasker-Schüler und das Fräulein Heinz. Die Gesichter derer, die als Erwachsene gestorben waren, hielten sich in ungefährer Lebensmitte. Aus Haaren und Kleidern waren die Farben gewichen, nur hie und da blasse Spuren eines Grün, Braun, Rot.

Bei diesem Figurenfeld blieb es nicht. Die Szenen wechselten, und die Toten erschienen in anderen Kombinationen, geistig wach, in rascher, freier Bewegung, die weder Schwerkraft noch feste Materie hinderten. Die Größenverhältnisse hielten sich nicht an das gewohnte Maß; ein kleiner Mensch konnte mit einem Frosch oder einer Tulpe befaßt sein, die ihn um einiges überragte.

Wenn ich jetzt an die Figuren denke, die in der deutschen Geschichte als Gedächtnisakkumulatoren gewirkt haben, sehe ich sie knopflochklein vor mir. Selbst Goethe, knopflochklein. Wir müssen mit den Taten und Plänen der Toten leben. Höchste Zeit, daß sich da etwas ändert, und wir ein Wort mitreden. In ihre Gliedmaßen, Herzen, ihre Sprechapparate wollte ich mit meinem Störsender fahren, wenn das nicht reichte, Drähte nehmen, um in ihnen zu stochern. Wie ein ungeübter Dirigent breitet Erwin die Arme aus, um seinen Sohn zu korrigieren. Wir sind zu leicht. Schweben auf und ab, entgleiten, wenn man uns zu nahe kommt. Hände greifen uns nicht, Instrumente auch nicht. Da können die von der anderen Seite sich anstrengen, wie sie wollen. Ob schon erwähnt wurde, wie sehr alle seinen Ralph lieben, gerade weil er sich so anstrengt?

Agnes nimmt Erwin beiseite und zieht ihn fort.

Ich hegte natürlich nicht die Illusion, wenn mir das gelänge, wäre unsere Welt urplötzlich eine andere, das Land, das mir am Herzen liegt, urplötzlich ein freundlich hingebreitetes. Könnte man die Toten beeinflussen, das heißt, als sie noch am Leben waren, in ihre Gedanken und Taten fahren, so wäre unser Land zwar äußerlich dasselbe, aber der innere Schatten wäre aus den Bewohnern geglitten. Man würde es erst gar nicht merken, in so entlegenen Seelenregionen verliefe der Prozeß. Immer mehr Leute hätten spontan die Eingebung, wie ist dieses Land schön, welch heitere Gnade, in ihm leben zu dürfen. Ihre Beklemmungen hätten sich der Bettwäsche mitgeteilt und würden von Waschgang zu Waschgang an Substanz verlieren.

Mission ist ein zu dickes Wort für meine Versuche, im Schattenreich zu forschen. Daß sie, wenn überhaupt, nur unvollkommen gelingen konnte, versteht sich von selbst.

Vier oder fünf Gedanken in uns hineinzumogeln, ist ihm tatsächlich gelungen. Manche von uns sind noch empfänglich. Werden wir im richtigen Moment erwischt, kann ein Ideenfetzchen von außen in uns reinspringen. Ralph hat es zum Beispiel geschafft, in Joey die Idee zu erzeugen: Er ist der Einzige, der … Zwar nur ein Gedankenstummel, aber schon dieser Stummel reichte für den Kontakt. Großes Halligalli, Neutrinoschauer wie beim Erglühen von Materie, die Teilchenforscher hätten ihre helle Freude daran gehabt.

Flieh- und Adhäsionskräfte jener Welt mußten erst begriffen, es mußte herausgefunden werden, ob mein Handeln überhaupt von Einfluß sein konnte. Es lief nicht so, wie ich daherrede, und wie gering mein

Einfluß ist, zeigt mir das Café Rösler mitsamt Kellnerin und Gästen überdeutlich.

Das Unheimliche am Universum: Obwohl sich ihre Zahl ständig vergrößert, driften die Toten unmerklich voneinander weg. Selbst ihre leichte, anpassungsfähige Materie kann der Blähkraft des Universums nicht widerstehen. Affinitäten dünnen aus. Was sich einst auf Asphodeloswiesen in lockeren Gesprächen tummelte, kann sich heute nur noch schwer miteinander unterhalten. Das Rasenstück, auf dem sich ein Toter ergeht, hat sich vom Rasenstück, auf dem sich ein anderer ergeht, entfernt. Das Wort, das einer formen will, braucht lange, bis es heraus ist. Der, der es empfangen soll, grübelt, ob er richtig gehört hat. *Heran, heran, was lieben kann.* Dafür scheint den Toten allmählich die Kraft auszugehen. Ganz langsam, sie merken es selber nicht, vergrößert sich der leere Raum zwischen ihnen. *Gute Ruh, gute Ruh, tu die Augen zu.* Ja, sie tun allmählich die Augen zu, es ist aber eher ein unendlich langsames Senken der Augenlider, weil es ebenso langsam immer weniger zu sehen gibt. *Schlaf aus deine Freude, schlaf aus dein Leid.* Allenfalls Reste von Freude und Leid sinken da in den Schlaf und gehen mit ihm davon. *Und der Himmel da oben, wie ist er so weit.* Und der Himmel, diese unermeßliche Scheinblüte, sie blüht und blüht.

16	3	2	13
5	10	11	8
9	6	7	12
4	15	14	1

Weinet nicht, ich hab es überwunden, bin befreit von meiner Qual, doch laßt mich in stillen Stunden bei euch sein so manches Mal, meldet Liane Braunger in ihrer Anzeige vom heutigen Samstag und bittet zugleich um künftige Stelldicheine mit ihren Lieben. Eine höfliche, fast schüchterne Tote. Die mir bekannten Toten bitten nicht lang, sie kreuzen unangemeldet auf, schneien herein, fliegen mich an. Sie haben meinen Kopf immer im Blick, können mir durch unwahrscheinliche Himmelsmassen auf den Scheitel sehen und sich herabsenken, wann es ihnen beliebt. Was wollen die Toten von mir? Warum benehmen sie sich wie Halbstarke? Woher nehmen sie die Kraft, mir auf der Seele zu liegen? Warum lassen sie, da ich ihr Reich wieder verlassen durfte, nicht von mir ab? Mal lauter, mal leiser, immer sind sie da, gieren nach mir und wissen ihr Geschwätz in meine Ohren zu bringen. Fräulein, bitte schicken Sie die Toten fort, und noch ein Kännchen Kaffee. Einen erddunklen Kaffee bitte, in dem wir gemeinsam die Toten ersäufen! Wie denn? Was denn? Wir die Zudringlichen? Unser Zimmermann das edle Opfer einer ihn verfolgenden Rotte? Eine solche Verworrenheit verlangt, daß wir es mit der Wahrheit pedantisch nehmen. Umgekehrt verhält es sich! Durch das Leck in seiner Seele werden wir hereingerufen, ja, geradezu hereingefleht. Selbst beim Knabbern seines Brötchens muß er uns in der Nähe haben. Fehlt nur noch, daß er uns aufträgt, die Zeitung für ihn umzublättern. Ansonsten sind wir seine Stimmungsaufheller und Stimmungsverdüsterer, je nachdem, was gerade verlangt wird. Besonders, wenn er auf seine Flugabenteuer zu sprechen kommt, sind wir unentbehrlich. Um, salopp gesagt, seine Hand zu tätscheln, sobald es brenzlig wird, wenn auch nach wischelnder Art des Geisterreichs, gleichsam mit flüsternden Armen und zirpenden Fingern.

Februar 1981. Stuttgart dick eingepackt in Schnee. Als ich frühmorgens die Zeitung holen ging, war die Schneedecke auf dem Gehsteig noch unberührt. Die Schritte knirschten nicht, sie machten winzige Rutschgeräusche, hörbar nur für jemanden mit Ohren für Schnee. Auf lauter komplizierte Gebilde traten meine Schuhe, auf perfekte Sechszacke mit jeweils verschieden angeordneten Ästchen, Nadeln, Taillenzwickeln, Plättchen und Pfeilen. Ein Waffenfriedhof. Da lagen die Köpfe von zigtausend Morgensternen und wurden von einem ungewöhnlich beschwingten Lehrer zertreten, der vor sich hinsang und pfiff und zwei Stunden später ein Taxi bestellte, das mit ihm zum Bahnhof schlich.

Großflughäfen, das sind Erkennungsmarken, damit die Toten von weitem sehen: wir wollen weg. Das Immergleiche der Großflughäfen, dieser leuchtenden Fladen voll künstlicher Luft. Noppenböden, Glasfassaden, Rolltreppen. Damals, anno 81, glitten die Rolltreppen nicht so lautlos nach oben wie heute. Man konnte den Motor darunter leise schuften hören. Der Handlauf bewegte sich nicht ganz synchron zur Geschwindigkeit der Treppe. Wer sich gemütlich mit dem Ellbogen darauf stützte, konnte in eine schiefe Position geraten. Es längte ihm den Oberkörper, oder er fiel mit dem Oberkörper zurück und war in Gefahr, das Gleichgewicht zu verlieren.

Anzeigetafeln faszinieren mich. Ich hole meine Brille heraus und studiere sie, auch Flüge, die mich gar nichts angehen. Damals noch gespeist von einem mechanischen Klapperatismus, einer Trommel aus wirbelnden Metallplättchen, die ein Geräusch zwischen Rauschen und Rattern erzeugten. Geniale Erfindung einer Firma aus Udine, die gerade auf sämtlichen Großbahnhöfen und Großflughäfen rund um die Welt installiert worden war. Keine Geldautomaten. Keine Handys. Papierhandtuchspender gab es schon, WC-Steine noch nicht. Selten Behindertenklos, die ich mir unermeßlich groß und mit merkwürdigen Apparaturen ausgerüstet vorstelle.

Im Zentrum aller Geheimnisse befinde sich der Gleichmut, behaupten die Inder. Auf dem Flughafen wurde koffervoll, tütenvoll Gleichmut mitgeschleppt, dazwischen ein Lehrer aus Stuttgart, gesteuert von gleichmäßig funktionierenden Organen, der – wiewohl an einem bestimmten Freitag, dem neunten, gegen 6 Uhr in der Früh erschrocken zur Welt gekommen – von sich glaubte, seit dem Urknall alles mitgemacht zu haben. Er ist noch immer überzeugt, daß schlaue Substanzen, die in ihm wirken, sich an alles akkomodieren können, was im Universum vorkommt. Vielleicht ist es aber auch die höhere Dignität des Menschen, seine Gottesebenbildlichkeit, die solche Anpassung erlaubt. Wenn wir in fliegenden Maschinen sitzen, sind wir dem All ein wenig näher, durchmessen es als Seine Sendboten, auch wenn die mitgegebenen Aufträge unbekannt bleiben.

Für gewöhnlich schmelzen die Sorgen, wenn wir uns auf einem Flughafen befinden. Voraussetzung ist, daß wir nicht zu den Passagieren zählen, die so selten fliegen, daß sie vor Nervosität nicht wissen wohin. Kein Ort ist besser ausgeschildert als ein Flughafen. Eine Frau fragt mich nach Halle B. Sie ist in B. Zu erregt, sich für die Auskunft zu bedanken, hastet sie weiter. Wer sich auskennt und Zeit hat, dem werden seine Sorgen fad, fad wie die aufgewärmten Frankfurter im Brötchen, schlaff wie die Tomatenscheiben auf Kartoffelsalat.

Hartschalenkoffer rollen vorüber. Ihre knallharten Räder machen wunderlichen Lärm. Wie kann etwas so Kleines, offenkundig Harmloses, solchen Krach erzeugen. Reiseamateure im Hawaihemd unterm Anorak sind in aufgekratzter Stimmung. In kleinen Gruppen lederhäutige Rentner auf immerwährendem Urlaub. Warten, Sitzen, Taschenvergewissern, Schnappschlösser auf, zu, Reißverschlüsse auf, zu, Paß verstaut, Ticket verstaut, aber wo um Himmelswillen ist die Bordkarte? Von der kein Gesetz, aber eine innere Stimme sagt, daß man sie nicht knicken darf. Platz in der Wartehalle auswählen möglichst am Rand, damit man nicht zwischen zwei Leuten eingekeilt wird und rauchen kann.

Ich mag es, wenn eine Crew in Uniform durch den Raum geht, vorzugsweise, wenn die Uniformen blau sind. Mögen wir auch. Hängen uns an die Gürtel oder setzen uns auf die Köfferchen und lassen uns mitziehen.

Mäntel überm Arm, rechteckige Koffer hinter sich herrollend – der Anblick einer Crew richtet mich auf. Leute, die sich der Hygiene weihen, die ihre Kleidung kontrollieren, denen es nicht gestattet ist, sich in den Sitzen zu fläzen, bringen meine zerebralen Ströme auf Touren. Bin sofort bereit, sie in ein Pantheon für niedere Götter aufzunehmen. Versuche, Figur zu machen, obwohl diese Pantheonroller ungerührt an mir vorüberziehen. Klopfe eine Navy Cut zurecht und lasse das Feuerzeug aufflammen. Ich mag es aber auch, wenn jemand mit einem extrabreiten Mob den Raum durchquert und seine fahrbare Tankstation mit Putzmitteln und Wasser vertrauensvoll in meiner Reichweite parkiert.

In Frankfurt ging ein Eisregen nieder. Die Verkehrsströme rund um die Stadt kamen zum Erliegen. Gottlob war ich mit dem Zug gefahren und am

Hauptbahnhof in die S-Bahn gestiegen. Noch jede Menge Zeit. Der Flug ging erst nach zwei. Ich hatte meinen einjährigen Urlaub angetreten ohne genaue Vorstellung, was ich damit anfangen sollte. Es hatte mich ziemliche Überwindung gekostet, meinen Direktor davon zu überzeugen, daß ich zwölf Monate Urlaub brauchte, natürlich ohne Bezüge und den ganzen Versicherungskram. Zu Forschungszwecken. Das Sabbatjahr war noch nicht erfunden worden, meine Begründung war albern. Was hatte ein Gymnasiallehrer groß zu forschen? Der Direktor hatte mich mitleidig angesehen. Er war lang wie Reinhold Schneider, ging vornüber gebeugt auf sehr kleinen Füßen. Schuhgröße 39 bei einem Zweimetermann! Ob ich private Probleme hätte? Taktvoll deutete er an, das Tückische an einem Trauma sei, daß es sich erst Jahre später bemerkbar mache und dann ganz unerwartete Folgen haben könne. Nie hatte er sich durch dieses zurückhaltende Mitglied des Lehrkörpers Scherereien eingehandelt.

Der Direktor gab seinen Segen in Form einer gut lesbaren Unterschrift, für die er merkwürdig lang brauchte. Ich wollte mein freies Jahr im Süden beginnen, auf einer Insel.

Ankunft auf der Minusebene im Untergrund. Sich mit Hilfe der Rolltreppe hochwirtschaften auf Ebene Null, und weiter hoch auf Ebene Eins. Im Februar waren die Charterflüge nach der Insel gekappt. Zu wenig Bedarf um diese Zeit. Ich hatte ein Ticket der Iberia nach Barcelona in der Tasche und wollte dort die Fähre nehmen. Beim Einchecken eine nette übersichtliche Schlange. Zwölf, dreizehn Menschen mit wenig Gepäck. Unpersönlich blickende Leute, aufrecht gehalten von mediterraner Selbstachtung.

Sie schafften es nicht, die Maschinen eisfrei zu halten, deshalb hatte unser Flug Verspätung. Von der Wartehalle aus hatte man einen guten Blick. Es landeten zwar einige Flugzeuge, starteten aber keine. Schöne leere Bahn im grauen Dunst mit wenigen Blinkkörpern, die sich hereinsenkten.

Ich begann mich gerade daran zu gewöhnen, daß das endlos so weitergehen würde, da kam Unruhe auf. Pausenlose Ansagen. Hintereinander weg starteten Langstreckenflieger, die seit dem frühen Morgen hängengeblieben waren, Buenos Aires, Hongkong, Kuala Lumpur. Namen wurden aufgerufen, in die man gern hineinlauscht, lauter Räume für die nomadische Imagination, schön, solange sich nur Flüchtiges damit verbindet. São Paulo, Caracas, alle meine Kümmernisse schwammen fort zu Palmen und Massen von Mädchen.

Letzter Aufruf für den Flug nach Nairobi.

Nairobi treibt mir einen Schweißfilm auf die Stirn. Nairobi führt zu Materieverdichtung. Ein Masseklumpen füllt den Stuhl. Meine Augen verwandeln sich in Schwarze Löcher.

Trotzdem: alles unter Kontrolle. Nicht mal die Hand zittert. Mir fällt ein, wie Kant es vermied, zu schwitzen. Er blieb einfach stehen und wartete, bis es vorbei war. Ich sitze und atme, bis es vorbei ist.

Man sehe sich ihn an. Nichts unter Kontrolle, trotz aller Vorkehrungen. Wie es ihn jedesmal umhaut, wenn der Name fällt. Ein innerer Aufschrei, ein Zusammenzucken. Schlimm, was? Ausgerechnet bei Nairobi. Weiches braves Kinderwort Nairobi. Einen ganzen Schwarm von Begleitwörtern führt es herauf: Sack. Feld. Triebwerk. Knall. Kerosin. Was wäre schon dran an Nairobi, wenn nicht –

Gegenüber hatte ein Mann mit zurückspringender Stirn Platz genommen. Stirn wie Tommy Lee Jones. Haaransatz, der knapp über den Augenbrauenwülsten begann. Wäre der Kopf aus Holz gewesen, hätte man hier bißchen schmirgeln müssen. Für mich ist Tommy Lee Jones unwiderruflich auf dem Mond verrottet. Wenn jetzt noch irgendwer unter seinem Namen Filme dreht, kümmert mich das nicht. Von Tommy Lee Jones ist noch sein weißer Schutzanzug übrig und vor allem sein Helm, auf dessen Gesichtsglas sich der ferne Erdball spiegelt. Aber was ist drin? Diese bange Frage stellt sich. Schicken wir ein neues Team unter Leitung von Clint Eastwood hinauf und untersuchen das Innere des Helms. Sollten noch Reste drin sein, sollten wir sie bergen und bestatten, natürlich auf dem Mond, wo Tommy Lee Jones als krebskranker Space-Cowboy so gern hinwollte.

Bei seinem Anblick wurde das Neandertalerproblem wieder lebendig. Seit meinen Pubertätsjahren gehörte ich zur sogenannten Gottsucherbande, grübelte mir über Gotteserweisen und Gottesproblemen die Stirnhöhlen eitrig. *Gottes Wege sind uner-*

forschlich. Das mochte wohl so sein, reichte mir aber nie. Gott hatte die Menschen erschaffen, daran zweifelte ich nicht, aber wohl kaum an einem Tag. Der Neandertaler war vorher dran. War diesem Zwischenwesen aus Affe und Mensch auferlegt, zwischen Gut und Böse zu unterscheiden? Kam er noch als Affe davon? Den Gott der Wüste und den Dreieinigen Gott konnte der Neandertaler kaum kennen, woher auch. Der Neandertaler war jedenfalls noch nicht Adam, das sah jedes Kind. Adam sah aus wie Friedrich Schiller, genauer gesagt wie Danneckers Schiller-Kopf auf dem Körper des David von Michelangelo. Daß der Neandertaler in seinen Grabhöhlen schon rituellen Gottesdienst praktizierte, erfuhr ich erst später. Es hätte mir bei meinem Problem nicht viel genützt. Zu den Pantheisten, den eifrigen Vertretern der Ökumene, die jeden tolerieren, der irgendwann irgendwas für Gott nimmt, die Sonne, den Mond, den Wind, Allah, Vischnu, Buddha, wen immer, zählte ich mich nie.

Licht an. Licht aus. Das radikale Problem hat sich wieder gemeldet. Wurzel aller Wurzeln. Das Gelächter hinter dem Loch.

Sein Lachen habe ich immer noch im Ohr. Es lacht darin fort und fort.

Diesmal bitte nicht gleich in die Waagrechte, nein Reinhold, auch du nicht. Werdet wieder munter, kratzt den Rest an Neugier zusammen, der euch geblieben ist. Das Gelächter verlangt unsere gesammelte Aufmerksamkeit.

Um so länger man es hört, um so mehr ändert es sich. Diese merkwürdige Trockenheit.

Jetzt sollten wir aber bitte keinen Fehler machen. Wie will genannt werden, was seine willkürlichen Regierungskünste treibt?

Es frißt seine Kinder.

Es offenbart sich in harschen und rauhen Manifestationen.

Offenbart sich, wieso immer noch offenbart sich? Das Gelächter ist doch unmißverständlich, oder etwa nicht?

Komisch, daß meine Toten, die doch inzwischen Klarheit hätten gewinnen müssen, ziemlich hilflos auf das Loch starrten. Wahrscheinlich kamen ihnen dieselben Zweifel wie mir. Setzte man sich ihm aus, würde sich das Lachen vielleicht wandeln in einen maßlosen Schrei.

Joey, Agnes, Erwin, Andy, Jim, bitte kommt von den Torten weg. Edie, laß das Rumgehopse. Tom, Zbyschek, ihr seid auch gefragt. Von Reinhold wissen wir, daß er lieber schläft, aber würde er bitte mal kurz –

Ich kann mir einen Gott nicht denken, der so unbarmherzig wäre, einen todmüden Schläfer, der unter Seinen Füßen endlich eingeschlafen ist, wieder aufzuwecken.

Danke, das genügt. Tom?

Do I dare disturb the universe?

Weidlich, hör bitte mit dem Greinen auf. Was ist los mit euch.

Meine Eltern wurden davon angezogen und wagten sich näher heran, kehrten aber mehrmals um.

Ja, Erwin?

Hauptsache, meine Agnes bleibt bei mir.

Das steht nicht zur Debatte. Gottes Wille –

Was?

Welcher Wille?

Mir ist, als ob ein Blick im Dunkel glimme.

It comes out of the Virginia swamps, cool und slow.

Jim, halt die Klappe. Da drüben, das Gesamt der Geschichts- und Kaiserverehrer möge sich bitte aus seinem Sumpf bemühen.

Ein freier hoher Toter kommt zu euch, zerreißen wir die Sterbekränze und steigen durch das Tor.

Nur der Kinogeher riskierte einen Blick hinein und zeigte sich danach in extrem gehobener Laune.

Was hat Walker da hinten zu rumoren?

Gin Fizz tut sooooo gut. Es singen die kleinen Proteinmoleküle in meinem Hirn.

In meiner Gottesbedürftigkeit rumort die heidnische Antike und allmählich der Wodka. Häufig führe ich IHN im Munde, täglich beim Grüß Gott, was natürlich Schwaben und Bayern sowieso tun, ich aber schwelge noch im Gottlob und mit besonderem Vergnügen im Heilandzack, wobei damit – klar – der Heiland gemeint ist, beziehungsweise ich stellvertretend als kleiner Heiland gleichsam im Akt eines zeushaften Dazwischenblitzens oder neptunhaften Dreizackschwingens.

Cheeesus, höre ich Joey sagen, was für eine umständliche Steißgeburt. Joey hatte gut reden. Sie hatte ja auch nicht das Gottesproblem, sondern bloß das Nibelungen- und Adolf-Hitler-Problem.

Hilft nichts. In den Ohren wirbelt's. Schwere, schwere Fragen, Leichensackduft, nasser Geruch. Joey atmet weg, was vom Aschenbecher aufsteigt.

Joey! Heilandzack, wie ich dich vermisse!

16	3	2	13
5	10	11	8
9	6	7	12
4	15	14	1

Mir das Croissant für den Schluß aufzuheben, ist inzwischen zur Gewohnheit geworden, für den Eßschluß, nicht den Kaffeeschluß, eine Wandlung, bei der das Objekt mit Hilfe von Butter und Marmelade etwas gedrückt wird, um seine runzlige häutchenhafte Substanz in den Kluften meines Inneren verschwinden zu lassen. Ein Croissant zergeht eher, als daß man es kleinkauen muß. Um den Mund verbleibt ein Kranz feiner Blättchen und wird sorgfältig mit der Serviette weggetupft.

11 Uhr 29. Bin wieder sauber, auch die Finger sind's, die Backfett angenommen hatten. Kurz währt so ein Gaumenglück, viel zu kurz. Fast schon falle ich in einen verengten, nörgeligen Zustand zurück. Aber heraus aus ihren Höhlen, ob sie nun wollen oder nicht, müssen die Gedanken und sich der Gegenbeobachtung aussetzen. Freud, du mußt versuchen, sie scherzhaft anzusehen.

Schon wieder träumte mir von den Brillen meiner Mutter. Die Ersatzgläser im Kassengestell, eine honigfarbene zum Lesen, eine honigfarbene gegen die Sonne, um exakt zu sein. Sie lagen auf dem runden Tischchen, das damals im Schlafzimmer der Eltern stand. Im Raum war noch ein Tier, das erledigt werden mußte. Wie sich zeigte: ein rüschenübersätes Tier. Rötlich, gelb, glitt es mit seinen flammenden Säumen über den Teppich wie manche exzentrischen Fische am Meergrund, die einem weismachen wollen, sie hätten Gift geladen. Das Tier wurde mit einem Teppichklopfer erledigt. Von wem? Später kam mir der Verdacht, daß es sich gar nicht um ein Tier handelte, sondern um ein Organ, das so wuschig über den Teppich, Robert Walser würde sagen: säumelte. Sollte da ein Organ meiner Mutter herumgewandert sein? Freud hilf, ich kenne mich nicht mehr aus. Freud denkt nicht daran. Ständig wird er von irgendwelchen Trotteln aufgerufen. Millionenmal am Tag fällt sein Name rund um den Erdball. Er hat es gründlich satt, Geschwätz anhören zu sollen, in dem er höchst beiläufig gefragt ist, im Grunde überhaupt nicht.

Wie sieht es an einer Absturzstelle heutzutage aus? Ein Heer von Leuten in Schutzanzügen sichert das Gelände. Elastische Stangen mit Fähnchen werden in den Boden gesteckt. Auf ihnen ist in Kürzeln vermerkt, welche Leichenteile gefunden wurden und zu wem sie gehören, falls identifizierbar. Eigentlich ein fröhlicher Wimpelwald, wären da nicht die Schrottteile, aus denen noch vor kurzem schwarzer Rauch aufstieg. 1979, in Afrika, war das natürlich anders. Sammelten alles ein, wie's ihnen unter die Finger kam, und keine Spur von Systematik, schon gar nicht im Engaruka-Becken. Agnes nähert sich wie durchsichtiger Schaum und will klarstellen, daß sie zwar ihr Leben lang eine leidenschaftliche Anhängerin von Systematik gewesen sei, im Haushalt helfe das weiter, im Ernstfall nicht. Hebt die Hand, an der einst der kleine Rubinring gesteckt hat.

Eine vollbesetzte Douglas DC-3, die gerade der Aussicht wegen in einer Schleife am Kilimandscharo vorbeigeflogen war. Vollbesetzt, das bedeutete einundzwanzig Menschen, zwei davon meine Eltern, plus vier Leute Besatzung. Bis Nairobi war alles gut gegangen. Bis Nairobi waren sie von den hellblauen Bowler-Hütchen der Pan Am empfangen und verabschiedet worden. Dann stiegen sie in die DC-3 der Serengeti-Airways. Die Serengeti haben sie nie zu Gesicht bekommen.

Keine Ahnung, ob mir damals in Frankfurt oder schon vorher die Idee kam, es stehe in meiner Macht, Flugzeuge zum Absturz zu bringen. Indem ich mich konzentriere und das Flugzeug losgelöst vom Hintergrund in den Blick nehme. Es fliegt so ruhig, als wäre es in den Himmel gemalt. Halt, halt, halt. Jetzt hat bestimmt jemand Verdacht geschöpft, glaubt, ich sei plemplem. Bin ich nicht. Nur eine fixe Idee, mit der ich mal oberflächlich, mal intensiver spiele. Vielleicht ist die Schnapsidee via Film auf mich gekommen, wie so viele Ideen sich durch Filme bei mir eingebürgert haben, meistens durch schlechte. Das Auge der Medusa? Heißt er so? Jedenfalls muß darin Richard Burton bloß auf den Balkon treten und hinausschauen – ein Knall, die Rauchfahne, brennende Trümmer, die zu Boden rasen. Richard Burton hat eigentlich nicht die Augen dafür, ein Flugzeug herunterzuholen. Lee Remick hat sie. Lee Remick steht auch auf dem Balkon. Ihr hätte ich sofort geglaubt, daß sie das kann. Dieses zusammengezogene, verdichtete Scheinwerferblau ist wie geschaffen, durch den Himmel zu fahren und zu stören. Zu Lee Remick ist noch zu sagen, daß sie Psychiaterin ist und eine gesittete Bluse trägt.

Richard Burton wollte bekanntlich ein Extragrab für seine Leber. Ich weiß nicht, ob die Leber eins bekommen hat. Natürlich nicht. Eines seiner Lieblingsspiele bestand darin, Liz Taylor mit seinem Lebergeschwätz zu löchern. Einmal hing die Leber am Kreuz und sprach die sieben Worte des Erlösers, mit besonderem Nachdruck *sitio*. Wieder und wieder sitio, mal heiter, mal ergriffen, schwerzüngig, witzig, katzenjämmerlich. Kleine Winke an die Taylor, ihm doch bitte sofort nachzuschenken, und nicht zu knapp. Zugegeben, die Witze waren faul. Der Erhabene mag ihm verzeihen. Er hat es bestimmt schon getan. Er kann Seinen Liebling unmöglich mit einer derart herzbewegenden Stimme ausgestattet haben, um ihn nachher zu verdammen. Mit und um Burton stellt sich Verdunkelung ein, verdunkelte Liebe, verdunkelte Wut. Peilsicher wie eine Fledermaus fliegt seine Stimme durch abgründige Gefühlslagen, gehüllt in ihren schwarzen Flor, *bombasinblack*.

Hand aufs Herz, der Mann ist wunderbar, aber

er hat zu viele blöde Filme gemacht. Im Römerröckchen herumzurennen, ist für einen Schauspieler das Ende. Frauen kommen bei den römischen Gewändern besser weg, sofern diese nicht nach Dralon-Nightys von Woolworth aussehen. Ein Mann ist im Römerrock verloren, da nützen auch extrabreite Schwerter nichts. Burton, Olivier, Douglas, alle im Römerrock zur Gurke gemacht. Liz Taylor kam als Cleopatra groß raus, aber Richard Burton?

Als Sprecher bricht er alle Rekorde. Wenn er zum Beispiel die Gedichte von Dylan Thomas vorträgt, mit seinem unnachahmlichen walisischen R. Auf ruhiger Oberfläche schwimmt ein winziges Korn. Da wird immer wieder nachgebetet, Dylan Thomas sei eine ganz große Nummer gewesen im Rezitieren. Pfeifendeckel. Enge Kehle eines Hysterikers, der herumfuchtelt und im Selbstmitleid ersäuft. Dagegen Burton, *Llareggub-Hill* – unmöglich, das selbst hinzukriegen, man überlasse es ihm. Mit leicht aufgerauhtem Stimmhäutchen *Llareggub-Hill* von Burton, der über all die Toten im Meer streicht, über die Hügel bei Nacht, Reverend Ratcatbibleblackburton, der zu den schnarchenden Leichenbestattern kommt und zu Mrs. Ogmore-Pritchard, die die Gespenster ihrer Gatten Staubwischen läßt. Reverend, bitte lesen Sie in Mr. Pughs Gedanken und aus seinem Giftbuch, ich bin süchtig danach.

Mama, Papa, kommt, werdet wieder munter. Ihr müßt mir glauben, wie wenig ich für den Schlamassel kann. Erwin winkt ab: Keine Sekunde hat er je daran gedacht, seinem Ralph die Schuld zu geben, warum auch. Von dieser verflixten Reise habe ich sogar abgeraten. Wollt ihr euch bitte an meine Rede erinnern? Aber ja doch, Ralphi, laß gut sein! Agnes hat die Wiederholung satt und verschwindet Richtung Schwingtür zur Küche, wo die Kellnerinnen hektisch ein- und ausgehen. Kein gemütliches Plätzchen für unsereins, da wir vom Luftzug hin- und hergezerrt werden. Warum geht ihr nicht an den Wolfgangsee oder nach Garmisch, wo es euch doch gut gefällt, wo ihr alles kennt, Land und Leute kennt. Brötchen, Schnitzel, Gulasch, Berge, Kellner, Saaltöchter, die blitzsauberen Unterkünfte, alles liebe Bekannte. Förmlich aufgedrängt habe ich euch Garmisch und den Wolfgangsee. Wie leid es mir tut, daß ich versäumt habe, eure eh vorhandene Angst vor Afrika zu schüren. Afrika ist nicht Grzimek, ihr nehmt Afrika zu leicht, hätte ich sagen sollen. Mit Swinging Africa von Bert Kaempfert hat Afrika nichts zu tun. Da gibt es Verbrecher, Leute, die ihr nachts nicht seht. Die hüpfen nicht in solchen wuscheligen Aufzügen durch die Gegend wie im ZDF. Den Afrikanern haut's ständig die Schrauben aus ihren Maschinen, da gibt's keine asphaltierten Pisten, die begnügen sich mit Schotter. Fluglotse, ein unbekannter Beruf. Zu essen bekommt ihr Sachen, die ihr nicht vertragt. Schlafen müßt ihr in Unterkünften, wo ihr nicht wißt, was unter euren Betten durchwuselt. Statt dessen habe ich den Wolfgangsee und seine Schönheit gepriesen. Den Wolfgangsee haben wir schon oft gehabt, der läuft uns nicht weg, hast du gesagt, Mama. Es ist Zeit, daß deine Eltern mal bißchen was von der Welt sehen. Das warst du, Vater, und hast dabei gegrinst, als wärst du plötzlich ein anderer und ich nicht der Sohn, der dich seit dreißig Jahren kennt. Erwin kann nicht Nein sagen, längst ist er Agnes gefolgt und mit ihr hinter der Säule verschwunden.

Die frohe Botschaft lautet: Es gibt Ihn. So gewiß ich am Flughafen Frankfurt sein konnte, daß das Gezisch in meinem Rücken von einer Espressomaschine stammte und die Durchsagen von einer Frau, die in einem Büro vor einem Mikrophon saß, so sicher wußte ich bei meinen ersten wackligen Schritten im Totenreich: Es gibt Ihn. Geahnt, gewünscht hatte ich es immer, daran gezweifelt auch immer. Er ist die große schwarze Null. Seine Majestät sind enthalten in jeder wohlgefaßten Rechnung. Er wird spürbar in der Stille einer großen Bibliothek. Zusammenfall Seines Reiches mit dem Universum und einer Winzigkeit darüber hinaus. Durchs Leben streicht Er als Hinwelle, das Totenreich durcheilt Er als Rückwelle. Er ist nicht der klassische Repräsentant eines vollkommenen Menschen. Er ist der Verweigerer, der uns Seine Nähe vorenthält. Er ist diskret. Zwischen An- und Abwesenheit schaltet Er schneller hin und her, als wir es in Lichtgeschwindigkeit messen könnten. Er ist die maximale Eleganz. Wenn Er blinzelt, hagelt es einen Scherz, der von uns Menschen schlecht verkraftet wird. So schnell brennt unser Fleisch. So leicht brechen unsere Knochen. Hört sich das an wie Erwins Sohn? Gibt sich mit keiner Erklärung zufrieden, will mit seinem winzigen Hirn die Ewigkeit überblicken, führt sich auf wie ein Staatsanwalt, der sich in den Kopf gesetzt hat, zugleich Gottes Verteidiger zu sein.

Er kam nicht auf mich zu und hat mich nicht begrüßt, auch zeigte sich kein Stellvertreter. Er saß auf keinem Thron, zu dem ich hätte geleitet werden können. Die Gewißheit teilte sich schlagartig mit, unumstößlich, wie ein Mensch für gewöhnlich weiß: das ist eine Ameise, das ein Hund, das ein Tisch, das ein Kind, das ein Wrackteil. Alle Menschen, denen ich je begegnet war, besonders Vater und Mutter, erschienen mit einem Mal als Seine Abgesandten, und ein jeder hatte mir etwas von Ihm mitzuteilen, war aus Seiner teilhaftigen Substanz gemacht, dazu da, mir augenzwinkernd verstehen zu geben: Es gibt Mich.

Er blinzelte und machte einen kleinen dreckigen Witz. Mein Leben lang hatte ich den Himmel abgesucht, ob Er nicht endlich ein Zeichen sende, und nun führte Er mir Seine ungeheure Verwandlungskraft vor, zeigte mir Seinen allerliebsten Materiescherz aus Blech, Fleisch, Knochen, Plastik, Kerosin, Feuer und natürlich der Schwerkraft. Ich bin kein Zaddik, kein heiliger Narr, der Gott herausfordert, Ihm etwas abhandelt oder wenigstens eine Antwort von Ihm erzwingt, nur eine flaue Christenseele, die alles schluckt und gegen alle Erfahrung hofft und hofft und hofft.

Eine kindische Lieblingsidee: Wie die Puscheln an Marika Rökks Umhang sehe ich mich und alle Menschen, die ich liebe, als flauschige Küken dahocken und die Schlünde aufsperren im Verlangen nach Ihm. Mit jeder Bewegung des Umhangs werden wir mal dahin, mal dorthin geschleudert, klammern uns fest, halten aber unverdrossen die kleinen Schlünde offen und schreien und zwitschern und füllen die Luft mit unserem Verlangen.

Die Kellnerin kommt. Inzwischen arbeitet sie leise wie ein Geist. Eine Erfahrung, die ich öfter mache: Ist Zeit da und die Gelegenheit, sich an mich zu gewöhnen, kommen mir selbst wildfremde Menschen entgegen und handeln nach meinen Wünschen. Vielleicht besitzt das Solitüdenmodell, nach dem ich lebe, doch einige Anziehungskraft. Dreißig Jahre war ich in die blonde sanfte Liebe meiner Eltern gewickelt durchs Leben geschoben worden, dann hieß es plötzlich: Zieh allein weiter. Wie sehr mir meine Eltern fehlten, als sie nicht mehr da waren. Mit welch fürsorglicher Genauigkeit ich Ereignisse heraufbeschwor, die mich mit ihnen in Verbindung brachten. Agnes und Erwin vernehmen es gern. Sie fliegen zu ihrem Sohn, mehr ein Hinspringen als Fliegen, es geschieht in einem Wusch. Geht's dir gut, junger Mann? Immer noch junger Mann, obwohl Ralph die Fünfundfünfzig überschritten hat. Unverrückbar steckt er als Minderjähriger in ihrem Gedächtnis.

Hängen in großer Zahl von der Decke, friedlich und still. Inzwischen hat sich das Rösler gefüllt. Um die Mittagszeit kommen die Leute mit Einkäufen beladen herein, was zur Folge hat, daß auch bei uns Gedrängel herrscht. Da viele nur flüchtig erinnert werden, meist in größeren Pulks und ungeordneten Verbindungen, begnügen wir uns mit der Decke. Laufend kommen welche hinzu, andere verschwinden. Eine alles in allem gut geordnete Mannschaft, kein Gewusel, kein Strampeln mit den Beinen. Schon ziemlich voll hier oben. Für einen lebendigen Menschen wäre die Decke kein guter Platz. Zu staubig, stickig, rauchig. Wir kümmern uns nicht darum, da mag die Luft sein wie sie will. Am Boden sind nur wenige von uns, alle um Ralphs Tisch. Er ist der einzige in dem Laden, der uns nah bei sich haben will und die dafür nötige Konzentration aufbringt.

Keinerlei Wunsch mehr, meine Eltern sarkastisch zu behandeln, sie auf die Größe von Gartenzwergen einzuschrumpfen. Seit sie mir fehlen, verströmt sich meine Liebe zu ihnen ins All.

Am 2. März 1972 startete Pioneer 10 ins Universum. Eine unscheinbare Sonde, die Richtung Jupiter flog und auf ihrer Reise regelmäßig Bilder zurückfunkte. Dann zog sie am Jupiter vorüber, wagte den Sprung in die extrasolare Zone, mit lauter Symbolen und Botschaften im Bauch für etwaige Fremdvölker im All, und bewegt sich seither auf lautloser Bahn. Ist eine größere Einsamkeit vorstellbar als solch stilles Vorangleiten, Dekaden lang, durch die Weite, die Kälte des Alls? Die Botschaft, die ich beinahe täglich für meine Eltern ins All funke, heißt *Willkommen daheim*. Was bin ich für ein mickriger Sohn. Wahrlich, ich bin kein Trost für die Schatten. Willkommen daheim, mehr fällt mir als Botschaft für zwei Leute nicht ein, von denen nicht mal ordentliche Skelette übrig sind, nur die Knochen einer Hand und ein kleiner Rubinring.

Schönheit geht von den Erzengeln aus, diesen fremdesten aller Erscheinungen, Schönheit und Schrekken fahren auf uns nieder, und wir können von Glück sagen, wenn sich Knochen und Fleisch hernach noch am rechten Platz befinden. *Denn das Schöne ist nichts als des Schrecklichen Anfang, den wir noch grade ertragen, und wir bewundern es so, weil es gelassen verschmäht, uns zu zerstören.* Wie einfach Rilke es hatte! Er brauchte sich nachts bloß auf die Seite zu legen, und zum freien Ohr rauschten Botschaften sonder Zahl in ihn ein, alle von dort. Wie mühselig dagegen Benn zu Werk gehen mußte. All das Gehacke und Gestochere in Leichenteilen unter dem dürftigen Credo des Pathologen, der sichergehen will, daß am erloschenen Herzen nicht hinterrücks wieder eine kleine Seelenzucht ihre Wurzeln schlägt.

Kaffeekännchen Numero nächst kommt wie gerufen. Inzwischen hat sich die Neue an mich gewöhnt. Ihre fleischigen Fingerchen krabbeln eifrig ums Geschirr. Und die ganze Person schert sich mitsamt Tablett wieder weg, ohne daß mich ihr Blick wissen läßt, wie seltsam sie es findet, daß ein Mann dasitzt, raucht, ihren Verrichtungen lauscht – mit dem Gehör einer Eule, wie ich hinzufügen möchte –, eine Kaffeeschale nach der anderen leert, einen weiteren Wodka leert, während ein Stapel Zeitungen neben ihm auf dem Stuhl ruht.

16	3	2	13
5	10	11	8
9	6	7	12
4	15	14	1

Greifen wir jetzt zur Neuen Zürcher, dieser Grundvernünftigen, erheben uns aber vorher und hängen die Stuttgarter wieder an ihren Haken. Die Uhr? Achtzehn vor zwölf. Die Erzengel sind weit, ihr Flügelschlag bleibt unhörbar, selbst für einen wie mich. Weit weg ist auch jenes grimmige Land, wo das Geschäft mit dem Risiko blüht, ein Tummelplatz für private Sicherheitsdienste, wie die Neue Zürcher vermeldet, vermutlich von allen Vögeln verlassen, wie ich mir denke. *Mit ihrer seltsamen Mischung aus zivilen und militärischen Kleidungsstücken, den kugelsicheren Westen über den muskulösen Oberkörpern und den gewölbten Sonnenbrillen sind die privaten Sheriffs eine unübersehbare Erscheinung im Irak nach Saddam Hussein.*

Sheriff gehörte den Leuten auf der Insel, bei denen Joey wohnte. Ein Schäferhund, zottig und gutmütig, der von der Frau aus Kaiserslautern zu scharf und zu oft gerufen wurde. Ich mag Hunde, selten ihre Besitzer, schon gar nicht solche, die scharf nach ihnen rufen. Mein Gehirn gerät in hilflose Bewegung, wenn jemand unnötig laut wird. Joey liebte es, Sheriff ihre Sonnenbrille aufzusetzen, keine gewölbte, eine schmetterlingsförmige. Sheriff liebte es weniger.

Mein Sibirischer Tiger genügte mir nicht. Den Eltern lag ich in den Ohren um einen möglichst stattlichen, möglichst schwarzen Hund und wünschte mich an ihm groß. Noch heute ist kein Elefant vorstellbar, der nicht sogleich den Rüssel um mich schlingt und unverbrüchlich Freundschaft schwört. Niemals habe ich einen Hund besessen, bin aber überzeugt, daß ich der ideale Hundebesitzer wäre. Hunde laufen mir immerzu an die Hand und bedeuten mir, ich sei der ideale Besitzer. Ob ich die Rolle nicht übernehmen möchte? Hunde erkennen meine Bereitschaft, es ihnen recht zu machen. Bei mir können sie sicher sein, daß ich die Stimme nicht erhebe. Über weite Strecken des Tages und der Nacht würde ich nur sanfte Worte an sie richten, sie ein Gutteil der Zeit überhaupt vergessen, niemals jedoch das zu ihrer Pflege Nötige.

Auch dort begleitete mich ein Hund – größer und dunkler als Sheriff und in seinen Materieteilchen subtiler verfaßt als Hunde, denen man ins Fell greift, mir gleichwohl von Anfang an vertraut wie Sheriff oder irgendein anderer Hund. Das wirft eine Menge Fragen auf. Ob nur von Menschen erinnerte Tiere im Totenreich umgehen oder auch von Tieren erinnerte. Oder ob von niemandem erinnerte oder herbeigewünschte Tiere umgehen, einfach weil sie tot sind und weitermachen. Oder ob es nur eine Auswahl von Tieren ist, die Gott nach ihrer Verwesung im Blick hält. Was ist mit den Tieren, die im Magen anderer Tiere, was mit denen, die im Magen von Menschen enden? Genießen rituell bestattete Tiere Privilegien? Springen Lämmer umher und besiegeln die Botschaft des Heils? Was ist mit den Tieren, die so viele schreckbare Zustände haben ertragen müssen? Was mit von Menschen gepeinigten Tieren? Wohin der Gram, der auf Arbeitstieren lastete? Wer verschafft den Pferden Genugtuung, den Eseln, Ochsen, Maultieren? Sitzen sie über ihre Folterer zu Gericht? Führen Tiere, deren Därme zu Saiten verarbeitet wurden, eine besondere Klage?

Zunächst sei festgehalten, daß Tiere zum Ingesinde des Totenreiches zählen. So selbstverständlich geben sie sich darin zu erkennen, als wären sie dessen nobelste Bewohner. Sie erscheinen in intakter Form, mal kleiner, mal größer, wie sie gerade gebraucht werden. Übermenschengroß ist mir so mancher Vogel begegnet. Es war mir vergönnt, mich an das Gefieder einer Eule zu schmiegen, die mich um Haupteslänge überragte, ihre Krallen so riesig, daß sie mich damit leicht würde zerfetzen können, stünde sie jetzt neben mir in ihrer ganzen Pracht. Aber ich saß ja in ihrem Schutz. Und fragte und wollte immer weiter fragen: Verzeihung, Eule, wo sind wir hier?

Unter ihrem schnell sich her- und wieder wegdrehenden Kopf wurde mir vieles begreiflich. Zum Beispiel, daß die Tiere nach ihrem Tod zur Einsicht kommen. Sie erfahren vom göttlichen Atem, von der

Macht der Buchstaben, in denen die Bestimmung von Tieren und Menschen niedergelegt ist, obwohl Tiere im Gegensatz zum Menschen fern jeder Sünde stehen. Nun wunderte ich mich nicht mehr, als ich ein Krokodil lesen sah und einen Bären damit befaßt, ein eigenes Buch zu schreiben. Kraft Einverleibung des Wortes, Zerlegung des Wortes in Buchstaben, vollziehen Tiere die Schöpfung nach, lernen, wie alles zuging, lernen vor allem, daß sie selbst zur Vollkommenheit berufen sind.

Eule, warum lernen die Tiere so rasch?

Wir dringen schnörkellos vor. Unschuld dringt am leichtesten durch den Wirrwarr, aus dem das aufgehäufte Wissen der Welt besteht.

Ich verstand mich durch und durch mit diesem Vogel, während ich an seinem Bauch lehnte und Flaum mich umhüllte. Idealer Ort der Einkehr, an dem ich behutsam alt wurde und lauter Weisheiten in mich flossen. Eingewühlt in die Güte der Eule empfing ich die Seligpreisungen der Bergpredigt, als hörte ich sie zum ersten Mal.

Eule, erst gottfremd, dann gottnah, wie schaffen die Tiere den Sprung?

Mir wurde bedeutet, daß die Lektüre, in der solches verhandelt wird, oft mehr verlangt, als ein Tier fassen kann. Dermaßen gibt sie ihm zu denken, daß es vor Anstrengung in einen starren Schlaf fällt. Man sieht Krähen mit angezogenen Beinen auf dem Rükken liegen, überwältigt von den Neuigkeiten, die auf sie gekommen sind. Ihre bisherige Art zu sein gefriert gleichsam in der Sekunde. Dann tauen sie wieder auf, mit immens gewachsenen Einsichten und frischen Kräften, weiteren Stoff zu inkorporieren in jene lastlose Materie, aus der im Totenreich Fleisch, Federn, Schuppen, Knochen, Borsten, Fell und Flaum gebildet sind.

Gott ist in sie hineingefahren mit lauter Ja und bricht aus ihnen heraus mit lauter Ja. Das ist vielleicht der Grund, weshalb ich in Nähe der Tiere meine Rettung möglicher fühlte als in Nähe der Menschen. Und ich fühle noch immer so, selbst neben einem Dackel, der noch nicht über Einsichten von dort verfügt, sondern bloß an meinen Hosenbeinen hinaufschaut, weil seine Besitzerin mir die Leine für einen Augenblick überlassen hat, wie neulich vor dem Café Rösler geschehen.

So sehr ich mir eine Generalversammlung rechtsprechender Tiere gewünscht hätte, bezeugen kann ich sie nicht. Zwar habe ich Tiere in Mengen getroffen, aber nur solche, zu denen ich eine gewisse Affinität besitze, also nicht einmal das komplette Arsenal der Arche. Diese Tiere schienen ohne besonderen Gnadenerweis ins Totenreich gelangt zu sein, auf denselben Wegen wie die Menschen. Etliches, was flattert und fliegt, ist mir auch in üblicher Proportion von dort erinnerlich – Schmetterlinge, besonders Totenkopffalter und Eisvögel. Die Eisvögel machten allerdings den Eindruck, als hätten sie die Kraft zum Farbschuß, den sie beim Auffliegen so eindrucksvoll beherrschen, eingebüßt.

Auf die Gefahr hin, daß man mich für einen Schwätzer hält, erwähne ich noch, daß es möglich ist, stundenlang mit Tieren zu sprechen, daß sie vernünftig Antwort geben, ungefähr so, wie wir es uns als Kinder dachten. Tiere ergreifen das Wort mit großer Selbstverständlichkeit. Zum Beispiel reden Kafkas Hyänen in dieser Art. Geh doch weg, sagen wir zu einem Tier, und es antwortet: du willst es ja gar nicht, und hat uns damit bewiesen, wie lässig es uns durchschaut. Im großen und ganzen trifft zu, was Eckhard Henscheid gesagt hat: *Schon der bloße Anblick einer weidenden und lagernden und wiederkäuenden Kuh erweckt und schürt in uns die unbezähmliche Sehnsucht nach einer spätermaligen Wiederbegegnung.*

Solche Wiederbegegnungen gibt es zuhauf. Nicht zu vergessen, daß das Tier, besonders, wenn es seine Possen treibt oder sich putzt – Verhaltensweisen, von denen gottlob auch kluggewordene Tiere nicht lassen –, die Öde mildern hilft, die das Totenreich ausdünstet.

Das stimmt nur halb. Auch an der Decke ist ein Hund, sind Katzen, Kanarienvögel. Vorübergehend sogar ein Pferd, ein Pinto wie aus einem Indianerbuch, der an die Frau gebunden ist, die gerade gezahlt hat. Zimmermann hat wenig Gelegenheit gehabt, unseren Verhältnissen auf den Grund zu kommen. Er betont das Possierliche, liebt Erkennungsszenen, liebt Lehrer-Schüler-Verhältnisse der romantischen Art. Hat alles mit den Augen eines Ankömmlings aufgenommen, bei dem jeder Schritt hinein auch schon den Schritt hinaus bedeutet. Tiere vertreiben uns die Langeweile, das will unser Dolmetsch also bemerkt haben. Er verkennt, wie lose die Verbindungen zwischen den Geschöpfen sind, ahnt nicht –

Eine Bitte habe ich. Laßt meinen Sohn in Ruhe.

Agnes hat recht, wir sollten uns zurückhalten. Joey muß ihn noch ein wenig foppen und läßt einen zartgrünen Schatten über seine linke Manschette wandern.

Aufreizend frisch habe ich Joey vor Augen, die sich in der Wartehalle Feuer von mir erbittet. Schon von weitem war ich aufmerksam geworden auf die lange Gestalt, die beim Heranschlendern die Beine vorschob und mit Tieren behängt schien, wüstenfarbenen, die an ihr nagten. Beim Näherkommen stellte sich heraus: kein Fell-, ein Patchworkmantel aus verschiedenen Stoffen mit Nähten, die unwillkürlich einen kanadischen Holzfäller heraufbeschworen, der mit der Knochennadel Darmschnüre durchs Leder zieht. Es dauerte, bis ich sie erkannte. 1981 war Joey längst aus dem öffentlichen Gedächtnis entlassen. Keine Photos mehr von ihr in den Zeitungen. Meine Schwärmerei für ihre Plattenhüllen lag bald sechzehn Jahre zurück. Kein Wunder, daß ich erst, nachdem sie schon mehrere Minuten dagesessen hatte, schräg gegenüber, in einem Abstand von vielleicht acht Metern, in der Schwarzhaarigen die Frau entdeckte, die mir in ihrer Blondheit und der mit tiefer Stimme erfolgten Ankündigung, sie werde mein Herz in zwei Teile brechen, so unaussprechlich verlockend erschienen war. Ich legte die Hände in den Schoß und erlangte durch Zusammenführung der Fingerspitzen die Konzentration, die für alles Weitere unerläßlich war. Dann zündete ich eine Zigarette an. Es konnte losgehen.

Joey gehört zu den seltenen Wesen, denen es gelingt, selbst wenn sie sich in einem Stuhl lümmeln und darin vor Überdruß schier vergehen, eine gewisse Anmut zu wahren. Nachdem ich erkannt hatte, wer sie war, wuchs die Spannung. Mein Geist suchte sie zu umgreifen und ihre Aufmerksamkeit einzufangen. Der Kampf tobte weitgehend unterschwellig. In den spezifischen Wunschgegenden meines Körpers waren Mikroenergien am Werk. Bei mir war der Kampf im Bewußtsein ausgebrochen, bei Joey blieb alles im Unbewußten. Dann hatte ich sie so weit. Joey öffnete ihre Tasche und kramte nach Zigaretten, kam ohne sichtbare Anstrengung aus dem Sitz hoch und kürzte die wenigen Meter, die uns trennten, auf der Suche nach Feuer. Die Szene spielte sich nicht so gekonnt ab, wie zum Beispiel zwischen Bogart und Bacall. Eleganz und Übermut waren nicht im Spiel. Für Eleganz blieb wenig Raum, da sich die lange Latte zu mir herabbeugen mußte. Und ich – nun, in mir kommen vielleicht verschieden mögliche Männer zum Ausdruck, und die Frauen mögen solche in mir gesehen haben, für ein Humphrey-Bogart-ähnliches Wesen hat mich (berechtigterweise) noch keine gehalten. Beim Herankommen hatte Joey die Zigarette zwischen den Fingern, so daß kein Zweifel bestand, was sie von mir wollte. Es ist mir deshalb entfallen, ob Sätze nötig waren. Sie habe genickt und sich bedankt. Sie sei schließlich kein Unmensch. Und nun falle ihr noch ein ganzer Brautflug von Wörtern ein: Haben. Bitte. Feuer. Danke.

Wieviel Worte auch immer. Jedenfalls näherte sich Joey nicht mit dem persuasiven Gelispel der Schlange, sondern in dunklem Ton. Ich kam ihr entgegen, weder übereifrig noch lahm, auf den Bruchteil einer Sekunde optimal, und der Bruchteil knipste zwei Bilder in Großaufnahme, eins für sie, eins für mich. Dieser Kippfitzel an Zeit sagte: Der Zauber ist groß, denn es ist der Zauber der Freiheit. Er entschied, daß wir uns näher kennenlernen sollten.

Wenn sich zwei Personen plötzlich nahekommen, vermischen sich ihre Aromen. In einem Spürgewitter wird Zu- und Abträgliches wie rasend getestet. Meine Späher signalisierten: hie Freund! Von ihren Spähern wurde dieselbe Botschaft hinterbracht. Das große Abtasten hatte ergeben: zwei Raucher, gefährlich und allein, den ungelöschten Tod im Atem. Über den Acheron, den Fluß des Wehs und des Leids, verkümmert zu einem Strom aus Wartehallenluft, wehten unsere Rauchzeichen und kündeten von Sympathie. Joey roch einzigartig. Nicht, als müßte sie jede Menge Säurehemmer schlucken. Eingenäht in ihren exzentrischen Mantel trug sie Duftkapseln, die nach Herausforderung rochen, nach Tumult und Willkür der sechziger Jahre. Bildete ich mir jedenfalls ein, denn ich fühlte mich plötzlich extrem jung, hätte, wenn nötig – *Joey, hierher!* –, einen Revolver gezogen und uns den Fluchtweg gebahnt. Wie Joey sich fühlte, weiß ich nicht. Ich war nie so verwegen, sie danach zu fragen. Wie ich Joey kenne, hätte sie darauf nichts zu sagen gewußt. Joey lebte für den Augenblick und für gewisse zähe Phantasien, die eine unglückliche Generation an die nächste weitergibt. Für alles andere besaß sie kein Gedächtnis.

Als ich sie so dicht vor mir hatte, prägten sich mir Einzelheiten ein, die ich in ein System zu bringen suchte, ungefähr wie ein Kriminalist, der Tatortphotos mit roten und gelben Markern versieht. Lang, glanzlos, gefärbt, das Haar. Die Frisur noch ungefähr dieselbe wie vor zwanzig Jahren, also Fransen und Mittelscheitel. Die Fingerspitzen bräunlich. Die Haut strapaziert. Ich sah durchaus unnachgiebig in dieses abgezehrte Gesicht.

Sämtlichen Irisdiagnostikern zum Trotz hatte Joey ihre Augen bewahrt. Großer Gott, was für Augen! Nach den Wellentälern des harten und weichen Drogenkonsums, durch die sie gestolpert war, mußte sie, was an Gesundheit übrig war, zusammenkratzen, um auf den Beinen zu bleiben. Nichts davon in den Augen. Eine Kraft, die mich schier aus dem Sessel fegte. In Joeys Augenblau mischten sich Kornblume, Enzian, Eisvogel. Ein Lidschlag, und der Blaublitz ging durch Mark und Bein. Sie waren auf hinterhältige Weise lebendig, dahinter lag Unwirklichkeit. Wem es gelang, ihrem Blick zu begegnen, wurde der Raum gewichtslos, leer und immer leerer.

Blumen werden hier falsch bemüht. Die Augen hatten nichts Pflanzenhaftes, außer ihrer intensiven Farbe. Es waren von ihrem Körper unabhängige Tiere, die sich wehrten oder verkrochen, je nach Beleuchtung und Laune. Flittchenaugen, Engelaugen, Mörderaugen, nein: Kaltschale. Was für eine alberne Aufzählung. Jedes Märchen, das meine Mutter für mich ausschmückte, hatte einen geheimen Höhepunkt namens Kaltschale. Die verwunschenen Prinzen und Glücksritter, sie verzehrten Fasane und Kapaune und getrüffelte Wildschweine; dann kam der Moment, da ihnen Kaltschale serviert wurde. Etwas unsagbar Köstliches wurde aufgetischt, schneeumrandet, schneebehütet, und nur erlauchte Personen durften es mit dem Löffel berühren. Ich bin von meiner Märchenidee nicht abzubringen. Kaltschalenaugen hatten sich in das Antlitz eines sanften Gretchens verirrt. Jetzt starrten sie aus der Maske eines germanischen Racheengels. Die Hominisation hatte schwer daran gearbeitet, solche Augen zu erfinden.

Fleißig ist der Zufall, allzeit unermüdlich fädelt er ein, was wir aus eigener Kraft nicht zustande brächten. Zufall? Ach was. Fortuna hatte mit dem Stecken auf ihr Rad eingedroschen. Die acht Speichen waren nur so am Schwirren. Ein Glücksschwung ohnegleichen hob ihn aus dem Staub.

Als wir kurz darauf in die Maschine gebeten wurden, hielt ich mich in lockerem Abstand hinter ihr, hatte aber schon jegliche Hoffnung fahren lassen, nochmal in ihre Nähe zu kommen. Schwachkopf, sagte der Zufall und klemmte uns beide in Reihe sechzehn, D und F, Joey ans Fenster, mich an den Gang, und ließ zwischen uns einen Platz frei, damit sich nachher keiner beschweren konnte, wir hätten keine Chance gehabt. Kaum, daß wir angeschnallt waren und sich der Steward mit einer Sauerstoffmaske vor mich in den Gang stellte, war meine Ruhe dahin. All die sorgfältig gezüchtete Ruhe weg, Kichern statt dessen, Kichern und Glucksen, wie von einem Schüler, der sich in einen Krampf hineinsteigert. Ich fand plötzlich alles irrsinnig komisch. Die Sauerstoffmaske, den Steward, seine Finger am Gummizug, vor zurück, vor zurück, mich, Joey, Fenster mit runden Ecken, alles, alles entsetzlich komisch.

Damit hatte ich es versaut. Mich dezent mit ihr in Verbindung bringen zu wollen als Mann, der alles unter Kontrolle hat, ha! Umgekehrt war's, sie hatte ein Nervenbündel in ihrer Reihe, das gickste und gluckste und ins Taschentuch rotzte, sich die Tränen aus den Augen wischte wie ein Mädchen. Eigenartigerweise schaute Joey ruhig herüber, der Impuls sprang beiseit, direkt in ihr Zwerchfell – und Lachen plötzlich, zehn Seelen, ach, in ihrer Brust, mit platzender Kraft in die Flugzeugröhre. Ich habe ihr das nie vergessen. Sympathetisches Gelächter wegen nichts, einfach, weil ein Kerl in der Nähe hockt, der davon geschüttelt wird.

Sobald ich wieder friedlich wurde, war ich glücklich wie ein junger Kater.

16	3	2	13
5	10	11	8
9	6	7	12
4	15	14	1

Noch habe ich eine Chance, noch hat sie mich nicht entdeckt. Ich breite die Zeitung vor mein Gesicht. Sie darf mich nicht stören, während die Erinnerungen wie Halme eines Grasmeeres wogen. Heute sind meine Ohren nicht präpariert, um geduldig anzuhören, wie sie das Leben ihres Sohnes in kleine harte Würste zerschwätzt – mein Patrick ist heut mit seiner Kamera unterwegs – Sie wissen ja wie versessen der drauf ist zum Film zu kommen – mit der Kamera ist der auf Du und Du da kann dem keiner kommen – schon als ganz kleiner Stöpsel hat der sich den Apparat geschnappt und versucht mich zu photographieren – kaum Drei und versucht seine Mami zu photographieren – komisch was –

Ihr Sohn in Ehren, Frau Prack, er ist kein Esel, bloß ein verzogenes Bürschle, das sich in meinem Unterricht schlecht benimmt, durchaus liebenswert, wenn man ihn mit Mutteraugen betrachtet. Bin ich etwa seine Mutter?

Nhhhein, flüstere ich lautlos, hör auf, Dich mit diesem Muttergetüm zu imprägnieren, leg die Hand nieder, mit der du in der Luft gewedelt hast, als hätte sie den Worten Gestalt geben sollen. In Wirklichkeit ist die Frau in den vorderen Saal zurückgekehrt und hat dich gar nicht bemerkt. Akzeptiere das Mysterium, daß du deine Feinde lärmen hörst, wenn sie dich gar nicht belästigen. Kein Mensch belästigt dich. Selbst die Toten sind still und gehen dir nicht auf den Sack. Das Kaffeekännchen steht ruhig, sein Deckel liegt sicher obenauf. In der Kerbe des Aschenbechers verzehrt sich eine Zigarette, ihr Rauchfähnchen zieht mit überirdischer Eleganz in den Äther, wenn man die Röslerluft einmal so nennen will.

Wie ich nach Joeys Tod wieder habe zurückfinden können in eine regelmäßige Lebensform mit lauter kleinen Gewohnheiten, ist mir heute noch ein Rätsel. Nichts als Nebelschwaden um mich, wenn ich die letzten zweiundzwanzig Lehrerjahre hervorziehen will. Verwehte Zeit ohne Höchstform, ohne mutwillige Spitzen, mit mühsam erhaltener Vernunft, die gerade dafür reichte, daß ich unauffällig meiner Arbeit nachgehen konnte. Und Venedig? Schon vergessen? Agnes hebt beschwörend die Hand. An die vier Jahre ohne Alkohol will sie erinnern, nach dem großen Kollaps in Venedig, dringt damit aber nicht durch.

Zweiundzwanzig Jahre, Herrgottnocheins, das sind elf *Emilia Galottis*, dreizehn *Faust I*, neun *Maria Stuarts*, dreizehn Mal Stücke von Brecht, entweder *Der Kaukasische Kreidekreis* oder *Der Gute Mensch*, selten *Der zerbrochene Krug* oder *Der Zweikampf*, selten *Woyzeck*, mindestens sieben *Nathans*, viele

Jahre lang so oft wie möglich *Josefine, die Sängerin*, so oft wie möglich *Der Kübelreiter*, jetzt aber nicht mehr, und mit einem Leistungskurs, wo ich in überraschend schlaue Gesichter blickte, die *Drei gerechten Kammacher*; sodann alle Jahre wieder, was als Epochenrennen bezeichnet werden kann: Schnellläufe von Augustus bis Adenauer.

Als junger Lehrer war ich überzeugt, alles unvergleichlich geschickter anzufassen als meine Vorgesetzten. Das Kollegium erschien mir verdrießlich und wenig geeignet, anderes als Schlaf in Schülerköpfe zu senken. Ich dagegen! Jeden Schläfrigen wollte ich aus der Ecke locken, jedem Rabauken den Mumm nehmen, kaum daß ich mit Schwung die Klasse betreten hätte. Ich dachte mir meine Schüler eifrig, leutselig, neugierig, auf natürliche Weise um mich geschart wie Eisenfeilspäne um einen Magneten. Für meine Fähigkeit, eine komplette Klasse von Wißbegierigen heranzuzüchten, eine nach der anderen, fühlte ich keine Grenzen. Doch es gelang mir eher schlecht, wie es Hunderten, ja, Tausenden meiner Vorgänger eher schlecht gelungen war. Die Vorsätze von damals knirschen heute in meinen Ohren. Schülerhirne flüchten sich ins Unterholz der Triebe; eine wirre, krause Geschäftigkeit rumort in ihnen, oder sie werden von einem ausdruckslosen Wachschlaf übermannt.

Ehrlich gesagt, sich mit Schülern zu beschäftigen, lohnt nur dann und wann. Viele sitzen einfach da und atmen. Andere schwätzen unentwegt. Immer öfter überkommt mich mitten in der Stunde die Vorstellung, bei einigen wäre es besser gewesen, man hätte beizeiten Kissen auf ihre unvernünftigen Münder gepreßt. Ich sehne mich nach Stille, die sich allmählich ausbreitet, und auf dieser Stille treiben wir wie auf Eisschollen, ein jeder für sich mit den Schrittchen eines Vogels auf seiner Scholle Stille spazierend.

Mama, bist du noch da? Natürlich ist Agnes da, natürlich beschirmt ihre durchsichtige kleine Hand die fahrige Hand ihres Sohnes: Gott ist dein Freund, inzwischen sogar meiner, obwohl er es im Leben nicht war. Gegrüßet seist du, meine ferne Mama; weil ich Dich so gern wiedersehen wollte, hat mich Christi Osterbotschaft erreicht, wenn auch in müder bitterer Form. Vielleicht war der Retter im Irrtum befangen, vielleicht war es nur eine Theaterfinsternis, die sich da am hellichten Tag auf die Erde gesenkt haben soll, und das Geschrei zur neunten Stunde kam aus einem gewöhnlichen Mund. Wenn man bedenkt, daß der Retter die übliche Zahl der Monate in einer Gebärmutter verweilte, wenn auch in einer gebenedeiten, so sind die Zweifel, seine und unsere, leicht zu verstehen.

Eule, wo bleibst du. Sprich und jage meine Gedanken zum Teufel.

Bald haben wir Ostern. Am Karfreitag Fisch. Zu Ostern ein Osterzäpfchen, zu Pfingsten ein Pfingstzäpfchen; die Feiertage haben es an sich, daß mich regelmäßig wilder Kopfschmerz befällt, unter Verrenkungen ein Medikament eingeführt werden muß und mich aus dem Haus rühren nicht in Frage kommt.

Nachdem Joey und ich zusammengekommen waren, rührten wir uns nicht so bald voneinander weg. Gelandet sind wir in Barcelona, und die Landung ging glatt, sie war sogar eine besonders gekonnte, schier unmerklich setzten die Räder auf der Piste nieder. Wundersamerweise überstand ich das Manöver gut, wenn ich auch Joey für einige Sekunden vergaß und mich auf das Parfümangebot des Bordmagazins konzentrieren mußte, unsinnig genau, als wären der urinfarbene Glanz, der von Chanel No. 5 ausging, und der präzis gedruckte Punkt vor der Fünf Vorbote und Taktgeber der Ewigkeit. Ich sah uns wie Puppen im Wasser treiben, aller Augen starr gen Himmel gerichtet, Netze senkten sich auf uns, wir wurden herausgefischt und in schäbig gemaserte Särge geworfen. Das Verbotszeichen erlosch, die Sicherheitsgurte durften enthakt werden, und mich befiel ein Übermut, der mich gleich aufspringen und nach Joeys Handgepäck langen ließ, denn alles weitere war klar: zusammen, niemals mehr getrennt, würden wir weiterreisen. Bis zur Paßkontrolle war ich elektrisch, Herr über Joeys Gepäck, Herr über alles Wie und Was und Wo, das folgen sollte. Verabredung unnötig. An Verabredungen herumzukauen, war die Leidenschaft verschimmelter Kleinbürger. Von unseren Knochen war alles Kleinbürgerliche abgenagt. Unsere Sonnengeflechte begannen zusammenzuwachsen, wir würden Flammenbürger werden, nicht nur mit Fingern durch die Flamme fahren, sondern in der Flamme wohnen.

Zwei Schoßkinder des Glücks lagen bei der Überfahrt nachts allein an Deck der Ciudad de Valencia. Also doch glücklich, wenigstens bei der Überfahrt. Joey sinkt in den Sessel neben ihn und zieht sich nach unten zu in die Länge. Eine deutlichere Bestätigung ist unsereins nicht möglich. Es liegt auch sonst nicht in Joeys Charakter zu bestätigen, was andere mit ihr erlebt haben wollen.

Es war ungewöhnlich warm für Ende Februar, mindestens neunzehn Grad nachts, wir lagen unter Wollplaids, und Joey erzählte mir von magischen Felsen, Untiefen, gefährlichen Dreiecken, von den hellen Bäuchen verschiedener Vogelarten, von Zeichen und Vorbedeutungen, die man ihrem Flug entnehmen könne, besonders wenn diese rückwärts, schwanzvoraus getrieben würden vom Sturm. Ein Mondvogel zog über uns hin und ließ seinen Nachtkot ins Meer fallen. Joeys Stimme stieg aus der Decke, feucht, als hätte sie sich gerade mit Neptun unterhalten und Wasser gesogen. Das Meer warf nasse Handtücher gegen den Schiffsrumpf. Mir löste sich mein Stuttgarter Hausstand auf, und seine Gegenstände zeigten sich in lockerer Flugformation – Regalbretter, Leitzordner, Bücher, sich in Schwingenform aufblätternd Volume I bis IX der Souvenirs Entomologiques, die Korbsessel auf krummen, die Windrücken hinaufkletternden Füßen, mein Sofa abwechselnd im

Sink- und Steigflug, ein kleiner Schwarm im Elsaß zusammengetrödelten Geschirrs, und immer wieder mit Absturz drohend, auf breiter niedriger Bahn das einzige Möbel, das aus der elterlichen Wohnung auf mich gekommen ist, die Kommode mit den Gründerzeitwülsten, aus deren geöffneten Schubladen kleinere Gegenstände herausschwärmten, Handschuhe, Unterhosen, Taschentücher, Schlüsselanhänger, Brillen, Zettel, Stifte, die Kollektion meines Vaters – Kristallhäschen, Kristallkatzen, Kristallpinguine. Wir fuhren durch den im Schatten liegenden Teil der Welt und gaben dem Mond Gelegenheit, seinen Laich in unseren Gemütern abzulegen. Joey, antworte! Stimmt doch, oder? Joey mustert ihn mit schmalen Augen, als wolle sie an ihm Maß nehmen. Da zittert doch was. Ihre Beine? Falsch. Ralphs Zittertick okkupiert sein linkes Bein. Fehlt noch, daß er uns jetzt mit seinen Lieblingssprüchen kommt, Sex is Soul, zwischen zwei Zigarettenzügen, Soul is Sex, undsoweiter. Joey verschwindet mit Jim im vorderen Teil des Rösler.

Unsere Ankunft um acht in der Früh war magisch, frei zitiert nach Joey: *pure magic*. Der Insel vorgelagert auf einem separaten Landfleck liegt Es Vedrá, der Zauberberg, Ufo-Berg. Joey behauptete, es sei ein gutes Zeichen, wenn hoch, genau über ihm, ein Wölkchen schwebe, und so verhielt es sich auch. Übrigens: jetzt haben wir 12 Uhr 17. Ach Ralphi, laß doch endlich die Uhr. Agnes glaubt noch immer, daß ihr Sohn glücklich werden kann. Andy macht ihr auf seine liebenswürdige Art klar, daß er in seiner Sammlung sechshundertneunundsechzig Uhren besessen hat, von der Micky-Maus-Uhr bis zur Kuckucksuhr alles, was das Herz begehrt. Und wo sie sich jetzt befinden? Andys Hände öffnen sich und verstreuen etwas an der Luft. Edie will noch nie eine Uhr besessen, geschweige denn sich je nach einer gerichtet haben, was Erwin, der immer ein Uhrenmensch gewesen ist, nicht glauben mag.

An der frischen Morgenluft erzählte mir Joey, auf dem Berg finde man überall Lachen, die sich in Felsmulden sammelten – unerklärlich, sehr unerklärlich –, denn das Wasser laufe nicht ab, und diese Lachen seien nichts anderes als Trittsiegel von Landungen winziger Ufos. Damals war mir noch nicht klar, daß es sich bei der Geschichte um eine der inseltypischen Ufo-Heimsuchungen handelte, die auch in Joeys Nerven gesickert war. Ich widersprach nicht. Ein Mann, der sich tags zuvor hat ausschütten müssen vor Lachen wegen nichts, ist schwerlich berufen, in Sachen Ufo das große Contra zu führen.

Auf der Insel begann das Neuroseneuter zu versiegen, aus dem ich für gewöhnlich meinen Morgentrunk nehme. Vorbei, die Rituälchen, ohne die ich in Stuttgart nicht aus dem Haus komme. Ich fand mich belebt, Haut und Haar von Meeratomen besprüht, Herz- und Hirnmaschine von meiner Liebe zu Joey geölt. Eine neue, vorösterliche Person wuchs aus meiner alten hervor und verjüngte sich während der Inselwochen.

Vorösterlich ist es auch jetzt, näher am Karfreitag als damals. Heute morgen, beim Gang durch die Königstraße schmerzten meine Augen. Zeitweise war es blendend hell. Eine gefährliche Vorfrühlingshelle, die mich angreift wie sonst kein Licht. Noch spendet kein einziges Blatt Schatten. Windstöße, schneidend kalt, fuhren mir ins Gesicht und durch den Mantelstoff, ich fühlte mich wie ein winterschlafendes Tier, das sich zur Unzeit hatte aus dem Bau locken lassen. Die Auslagen in den Geschäften sind trügerisch, voll von hellgrünem und zartrosa Frühlingskram. In sämtlichen Fenstern osterglöckelt's aus echten wie falschen Zwiebeln. Gehe ich die Königstraße entlang, vermisse ich alles, was mit solchem Gehen einst verbunden war, vor allem die vertrauten Geschäfte. Ein Katarakt von Verfall für mein empfindliches Gedächtnis. Unerklärlicherweise duldet die Königstraße die Passanten, die heute auf ihr dahinziehen.

Alleen, lange Alleen, mit sorgfältig beschnittenen Bäumen bepflanzt. Manchmal geht hier Der Engel vorbei. Sorgfältig onduliertes Haar, Latein rauschende Flügel, nein, so war es nie auf der Königstraße. Auf der Königstraße spazierte der letzte württembergische König mit seinen beiden Spitzhunden (keineswegs ein demokratischer Volkspapa, aber doch vernünftiger als das preußische Oberhaupt), viele, viele, die wir nicht mehr kennen, gediegen und reell wie die Häuser zu beiden Seiten, in denen Stammpublikum von Stammpersonal bedient wurde. Es verkehrte die Straßenbahn und in seiner braunen Uniform mit Goldschmiß Murr, nein, nicht der gewitzte Kater, sondern der Gauleiter, am Arm die Frau, Kampfgefährtin noch aus schwerer Zeit, *Königin ihres Heims und Hauses*, wie er sie nannte, Lina.

Wobei – zugegeben, hier kommen wir erneut ab von den verläßlichen Pfaden des Geistes – mein Kollege Stark, den ich unlängst im Weinhaus Fröhlich zu meinem Jenseitsberater ernannt habe, mir folgendes erzählt hat: Als er letzten November durch die Königstraße gegangen sei, wären ihm die Passanten seltsam vorgekommen. Er räumte einen Schwips ein, allerdings keinen, der seine Vernunft in irgendeiner Weise getrübt hätte. Auf den Schultern der Passanten hockte etwas. Eine Art durchsichtiger Lemur, von sackartiger Unbestimmtheit, der sich an Rücken und Hals klammerte. Es begegneten ihm viele Lemuren, alle verschieden, nur ihre Köpfe waren deutlicher entwickelt. Ein Mädchen von kaum vierzehn Jahren trug Murr auf dem Rücken. Das wellenförmig anliegende Haar, die dünne Brille sollen gut zu erkennen gewesen sein, ein wie aus bißchen Rauch und Nebel gebildetes Gesicht, das sich über den sackartigen Körper erhob und auch noch über den Kopf des Mädchens ragte. Fast alle Passanten, zumindest die Einheimischen, trugen solche Gebilde auf ihren Rücken. Bei den meisten wußte Stark nicht, um wen es sich da hätte handeln können. Allerdings will er Robert Bosch und Willy Reichert erkannt haben. Die Leute schienen von denen, die sie mit sich schleppten, keine Notiz zu nehmen, vielleicht hatten sie sich daran gewöhnt, vielleicht wußten sie nichts von ihrem Gepäck. Es kam vor, daß zwei Passanten zusammenstanden, dann grüßten sich die Lemuren auf ihren Rücken und fingen ihrerseits ein Gespräch an. Unhörbar natürlich, nur jemand wie Stark, der von sich behauptet, Lippenlesen zu können und noch dazu von Lippen, die aus ein bißchen Nebel gebildet sind und weiter nichts, will in der Lage gewesen sein, ihrer Unterhaltung zu folgen. Ob ich ihm glaube? Kollege Stark ist der unterhaltsamste Spintisierer, den ich kenne. Selbst wenn er lügt, kommt er der Wahrheit nah.

Schuh Schöpp weg, Lederwaren Acker weg. Firma Knörzer, von der wir unseren Fernseher bezogen hatten, Stoff Wagner, Damenmode Lorenz, alle weg. Verschwunden die Doppelnamengeschäfte, an denen mich als Kind das Zeichen mit den Schleifen und dem hochgezogenen Fuß fasziniert hatte: Knagge & Peitz, Lennartz & Plein, Hanke & Kurz. Hanke & Kurz, bekannt und beliebt bei meiner Mutter, ein Geschäft für Damenbekleidung, in das sie mich hin und wieder mitnahm; wo ich zu Boden sah und mit der Schuhspitze im Teppich bohrte, wenn sich eine der Verkäuferinnen um Mama kümmerte. Es schien ein Geschäft von eherner Solidität zu sein, dazu da, ewig zu währen. Oder Handschuh-Luickert in den Kolonnaden am Königsbau, wo meine Mutter rehbraune Handschuhe kaufte. Wenn sie wollte, konnte sie sich das Ansehen einer Dame geben, wenn auch in den Grenzen eines kleinbürgerlichen Portemonnaies, dessen Falten und Fächer ungern etwas hergaben.

Seitdem wir nicht mehr zusammen mit der Straßenbahn heimfuhren, sie mit einem Schuhkarton auf dem Schoß, ich mit einem Lurchi-Heftchen in den Fingern, fing ich an, meine Gedanken vor ihr geheimzuhalten. Zum Beispiel, daß ich immer das Gegenteil von dem dachte, was sie sagte. Sagte sie *Pommern*, dachte ich *Scheißpommern*, sagte sie *Du mußt dir die Hände waschen*, wusch ich mir die Hände und schöpfte Glück aus der Vorstellung, ich tauche sie ins Klo.

Seit sie tot ist, wird mir meine Mutter immer interessanter, auch immer weniger durchschaubar. Sie liebte die Vögel. Ihre ausgekämmten Haare ließ sie zum Fenster hinausschweben, damit sich die Vögel mit ihnen ein Nest bauen konnten. Habe ich schon von ihrer kommunistischen Phase erzählt? Die kommunistische Phase meiner Mutter wurde durch Dietmar Schönherr eingeläutet, in den sie verliebt war. Dietmar Schönherr war einmal in einer Fernsehinszenierung des *Guten Menschen von Sezuan* zu sehen, worin er den Shui Ta spielte. Es gab sogar eine Annäherung an die jüdische Frage, in aller Vorsicht, versteht sich. Nicht satt hören konnte sich meine Mutter an Esther Ofarims *Muß i denn, muß i denn zum Städtele hinaus*. Fasziniert schaute sie Uri Geller beim Löffelbiegen zu. Als sich herausstellte, daß er ein Schwindler war, war sie enttäuscht, und das unterbrach weitere Versuche in diese Richtung. Agnes und Erwin sind verschwunden. Auch Tote können sich über ihre Kinder ärgern, dann stoßen sie sich auf ihre leichtfassende Weise vom Lebenden fort.

Es war so traurig daheim. Vielleicht beziehe ich aus dieser Traurigkeit meine moralische Substanz, einen Spürsinn für das Leiden Anderer. Meine Eltern waren von unfaßbarer Unschuld, in ihren Reden kam Böses nicht vor. Um so böser fühlte ich mich, da ich begann, an dieser unfaßbaren Unschuld zu zweifeln. Wir bewegten uns wie Schwimmer in der Wohnung, obwohl die Räume viel zu klein waren für so armausgreifende Bewegungen. Und dennoch: in meiner Erinnerung sind wir Schwimmer. Schwimmer in einem stillen Gehäuse aus Flanell. *Und der Herr wird die Tränen von allen Angesichten abwischen, denn der HErr hats gesagt. Und wird seine Hände ausbreiten unter sie wie ein Schwimmer.*

16	3	2	13
5	10	11	8
9	6	7	12
4	15	14	1

Ein Kind geht vorüber und führt einen extra weichen Gummisalamander, dessen Kopf und Schwanz aus seiner kleinen Faust hängen, knapp über meinem Tischtuch spazieren. Ich mag es, wenn Kinder auf beiläufige Art Kontakt zu mir aufnehmen und dieser durch ein Tier vermittelt wird – ein Blick, eine Bewegung aus der Zukunft, nichts Ernstes, weniger als ein Hallo.

Ich bekomme Lust auf einen Kuchen. Fräulein, bitte bringen Sie mir einen Apfelstrudel, und ein Kännchen Kaffee könnte ich auch noch vertragen. Und bitte ein Mineralwasser dazu. Durch die Erinnerung an das Haschgebäck, das ich mit Joey verputzt habe, kommen meine Gedanken in eine süße Rotation, ganz gegen die Gewohnheit, denn ich esse sonst kaum Süßes. In das Gebäck war eher ich vernarrt, Joey machte sich nicht allzuviel daraus. Welten liegen zwischen einem Haschnovizen, der lustig wird und federnden Schritts geht, und einer Heroinsüchtigen, die gerade vier Monate auf ihren Stoff verzichtet hat. Ein Haschkeks ist zunächst nichts Besonderes, die auf der Insel schmeckten nicht einmal gut, sie waren rauh, grobkörnig, trocken und waren von der Frau aus Kaiserslautern gebacken worden.

Zu den Besonderheiten des Jenseits zählt, daß dort nicht gekocht wird. Zwar gilt die Verheißung, am Ende aller Tage werde Gott den Leviathan erlegen und ihn Seinen Auserwählten auftischen. Von Kochen ist aber nicht die Rede. Wie es zugehen soll, daß aus dem riesigen Kadaver eine Speise für die Frommen wird, ist nicht bekannt. Gottes Name brennt, aber er wärmt kein Essen. Es werde pneumatisch gegessen, behauptete De Selby, der große Theopneumatiker und Theodät, dem es gelang, die Zeit zu negativieren. Na, ich halte das für ebenso überspannt wie seine Theorie von den eingesogenen Gesichtern. Sehen wir auch so.

Wie gesagt, sie schmeckten nicht besonders. Eine Handvoll Kekse, und viele Minuten lang tat sich überhaupt nichts. Aber dann kam der Ausbruch, inbrünstig inniglich. Unerhört, es wird stärker und stärker. Schon fangen die Geistreicheleien an – Knie, Sohlen, Handflächen sind zu ungeahnter Könnerschaft erweckt. Oha, ich muß mich fragen: Bin ich schon reif? Oha, meine Atemgeräusche so odemhaft! Und ihr Knie, wo wollt ihr hin? Gepriesen sei die Hingabe, gepriesen auch das Wallen mit sanft über Luftbuckel gleitenden Händen. Widerstände sinken ins Grab wie Gespenster, die niemand mehr braucht. Es regiert das große Ja. Paradiesaufschluß ist gewährt durch sich fortzeugende Hingabe an das, was sich aus der Welt heranschlängelt. Die Triebe entwischen ins Gelände, einmal ganz ohne Camouflagehauben. Magisches Agitieren meiner selbst hebt an, es gibt mich, mich in Person, ausgestattet mit einer ungeahnten und noch längst nicht ausgeschöpften Blähfähigkeit, Gedankenfächer entfalten und schließen sich im Rhythmus adeliger Pulse. Erwärmung des Mannes durch Frauen möglich? Ja, wenn die Frau zum Beispiel Joey ist. Meine Zehen sprechen über Erdtelephon mit den Wurzeln einer Palme, zu der ich schon immer einen besonders guten Draht hatte, Zunge und Gaumen legen sich wie ein taktiler Strumpf um eine konsekrierte Nuß. Ganz neue Seinsfragen drängeln sich im Mund: Zerbeißen oder Zergehenlassen? Kann ein, darf ein, muß ein Mann unaufhörlich Liebesbazillen versenden oder hat er nur einen Probeschuß? Nüchtern bleiben ist auch eine Kunst, die ich wirklich wunderbar beherrsche.

Fangen wir nochmal von vorn an. Das Ganze spielte sich ja nicht so schnell, sondern eher schleppend und um etliche Kurven herum ab. Der Ausbruch geschieht in Etappen, gewinnt langsam an Fahrt, und die Geistreicheleien, die sich über Jahrzehnte im Hirn angesammelt haben, Kalauer und Witzchen, die für gewöhnlich im Filtersystem hängenbleiben, kommen an die Luft, gesellen sich zu den intelligenten Knien, den Sohlen und Händen mit ihren pneumatophorischen Kitzelflächen, und erst, wenn diese ihre Aufregungen gemeldet haben, fragt sich die in Rede stehende Person, ob sie schon reif sei. Reif wofür, könnten wir entgegnen, aber solche Einwände gehen unter, da sich die Atemzüge schon anhören wie Schöpfungszüge, und die Knie längst einen Plan gefaßt haben, wohin es mit der Person gehen soll, die sich noch im Gehen ganz verschenken will und mit Händen bedeutet, daß sie, wenn auch vielleicht nicht reif, so doch längst bereit sei für die Winke, die sie der Paradiesschleuse zutreiben wollen, wobei schon allein die Höflichkeit gebietet, daß die zur Hingabe nunmehr genügend vorbereitete Person allem, was ihr vor die Sinne kommt, sei es mineralisch, pflanzlich oder fleischlich, einladend begegnet, und umgekehrt, da ja in der Person nicht unbeschränkt Platz ist, ihre Triebe dafür freien Auslauf nehmen, was einen Austausch bewirkt, der die Person aber nicht verkleinert, sondern im Gegenteil ihre Höhe und Weite steigert und die Gedanken lauter Pfauenräder schlagen, Fragen und Antworten einander folgen läßt wie in einem höfischen Balzspiel – vergessen wir aber nicht, daß unsere hoch- und weitmögende Person noch immer Bodenberührung besitzt und ihre Zehen mit allem kommunizieren, was der Erdboden an Weisheit gespeichert hat, auch zum Beispiel mit den Dadaisten kommunizieren, die mit gepflegten Täuferbärtchen im Großen Saal unter der Erde Dekalog spielen, während sie ihre Parolen rufen und einander Nüsse zuschnalzen, die der Paradiesgänger auffängt und – *Ich bin. Du sollst keine anderen – Du sollst kein Bildnis – sollst den Namen – sollst den Feiertag – sollst*

Vater und Mutter – sollst nicht – nicht – nicht – sollst kein falsch – Laß dich nicht – hastuwas bistuwas zum Munde führt, um –

Die Kunst der Nüchternheit und des Scharfsinns übte ich am *Dritten Polizisten*, meiner Lieblingslektüre damals. Lieblingslektüre schon deshalb, weil mir mit ihrer Hilfe gelang, Joey ins Bockshorn zu jagen. Kein leichtes Unterfangen, Joey war schließlich der abgebrühteste Mensch unter der Sonne. Aus dem *Dritten Polizisten* entnahm ich die Theorie von den gedehnten Anzügen, ebenso den Zahn der Zeit, *der alles flachnagt*, die Straße, die den Geher begleitet, das Verneinen jeglicher Progression, vor allem aber die Technik der spöttischen Verhöre, deren erste Regel darin besteht, daß man Salven von Fragen losläßt, nie aber auf solche antwortet. Die Fragen im *Dritten Polizisten* beziehen sich alle auf Fahrräder, ihre Bestandteile, Werkzeuge, die zu ihrer Reparatur nötig sind, das ganze Drumherum der Ausrüstung – Doppelkopfzylinder? Dynamo? Mit oder ohne Rennlenker? Etwa auf einem Dreirad? Gegabelt, wieso gegabelt? Also ein Veloziped? Die Pedale in Ordnung? Hosenklammern dabei? Was, keine Luftpumpe?! Meinen persönlichen Dank an Wachtmeister MacCruiskeen und Sergeant Pluck für ihre Hinweise, die mich in Stand setzten, meiner ungerührten Joey eine Lektion zu erteilen. Übrigens derselbe Pluck, von dem der bemerkenswerte Satz stammt: *Dies ist nicht heute, dies ist gestern* – Satz, der natürlich immer wieder heute gelesen wird.

Nüchtern betrachtet sind meine Hände eher groß. Sie erschienen mir besonders zart, nicht mehr wie die Greifer eines Affen, als ich mit Joey auf einem Mäuerchen saß und wir stundenlang mit Steinen und Muscheln ein soeben erfundenes Spiel spielten, gewichtiger als Schach, behutsamer als Gänseblümchenrupfen, denn wir spielten direkt in den kahl gefegten Himmel hinein, die Gedanken stießen uns zu, weil Götter sie schickten, unser Gelächter schallte zurück und wollte die Götter mit Heiterkeit bezwingen. Gewonnen, sage ich. Gewinnen gibt's nicht, sagt Joey, und wir beginnen wieder von vorn. Kompliment, sage ich, und meine damit einen Zug, den sie gerade mit einer Muschel getan hat. Great, sagt sie, als ich ein Steinchen in schwebendem Bogen um die Muschel führe, und meint damit die Raumdehnung, deren Zeugen wir gerade geworden sind. Kein Zufall, daß Sheriff weiter draußen im Bogen ums Grundstück läuft. Wundervolle Bewegung meines Handgelenks, Erklingen eines Glöckchens, denn Joey hat mir ein Armband mit Glöckchen verschafft. Ein dünner Faden Wasser rinnt von meinem Glas, Brigach und Brege bringen die Donau zuwege, was mich veranlaßt, einen Stein zu verrücken, um den Lauf des Wassers nicht zu hindern. Die Frau aus Kaiserslautern setzt sich zu uns, in einem Tanga, über den sie ein dünnes indisches Hemdchen gezogen hat. Alle Menschen sind Brüder von Schwestern, denke ich voller Verwunderung, als ich ein Büschel Schamhaar erblicke, das sich am Bikinihöschen vorbei ins Freie geschoben hat. Ihr Kopf erinnert mich an einen zugezogenen Beutel mit Rüschen obenauf. Der muß in die Tasche, sage ich und nehme einen Stein aus der Reihe. Ganz wie du willst, sagt Joey, nimmt zwei Steine und wirft sie hinter sich ins Gras. Arm dran, wer glaubt, daß ich hier ermüde, während meine Schwestern so willig willig, sage ich. Willig, willig? fragt die Frau aus Kaiserslautern. Eben so, erkläre ich nach der Methode MacCruiskeens, die Frage, die da steht und bleibt, und fürchte, daß der Schatten, der von meiner Hand auf eine Muschel fällt, sie verderben könnte.

O weh, in Sachen Drogen ist und bleibt Ralphi ein Anfänger. Das sehen zumindest Edie, Jim und Joey so, die über ganz andere Erfahrungen verfügen, zum Beispiel über Sex, der in den Eingeweiden anspringt und wie eine Maschine läuft, die nicht anzuhalten ist, weil die Stop-Taste einen Defekt hat. Eine unpersönliche Angelegenheit, konsequent und gründlich bis an die äußerste Grenze dessen, was den Zellen an Energie abgepreßt werden kann. Bis sie für immer in einen geschlechtslosen Zustand fallen, in dem sich Leben und Tod die Waage halten, und man allein bleibt in seinem mit Abszessen besäten Fleisch.

Her zu mir, Schwester, ich kann mich auch mit Ihnen über so manches hinwegtrösten, bin ich nahe daran, die Kellnerin zu begrüßen, während sie mir den Apfelstrudel hinstellt. Der Blusenstoff dieser Frau und ihre verkniffene Miene haben leider gar nichts mit der Insel zu tun, mein Anzug allerdings auch nicht.

Das Kind ist zurückgekehrt und führt seinen Gummisalamander wieder knapp über das Tischtuch hin, diesmal von der anderen Seite. Ich verkneife mir ein gezuckertes Sätzchen, im übrigen ist das Kind schon wieder weg. Der Salamander gefällt Andy. Könnte er Dinge noch kaufen, würde er nicht zögern, ihn dem Kind abzuhandeln, um ihn seiner Sammlung einzuverleiben. Der Salamander ist nämlich bleich, gelblich bleich, geradeso wie Andys bestimmende Farben es waren, als er noch zu den Berührbaren gehörte. Berührbar ist natürlich in bezug auf Andy ein schlechter Scherz. Vergessen wir's.

Wenn ich mich jetzt in der Requisitenkammer meines Hirns umsehe, kommt etwas Unangenehmes zum Vorschein. Bisher habe ich sorgfältig vermieden, von meiner Schande zu sprechen. Schande klingt übertrieben, vielleicht war es eher ein Versagen, und es betrifft Joeys Sohn.

Still Bub, die Augen zu! Das Schlafengelchen kommt und sieht dir hinein, daß d' blind wirst. So ungefähr droht Woyzecks Marie ihren Sohn in den Schlaf und blitzt dabei mit einem Spiegelchen über die Wand hin. Dieser Bub hat nichts und wird nichts zu lachen haben, das weiß jeder Theaterbesucher sofort.

Jean-François hatte auch nichts zu lachen. Seine Mutter kümmerte sich erst gar nicht darum, ob er schlief oder nicht. Sie überließ es anderen, zum Beispiel mir. Von meiner Mutter hatte ich gelernt, wie man ein Kind über die Schwelle des Schlafs geleitet und probierte ihre Methode an ihm aus. Meine Mutter war dabei sehr sanft verfahren. Ausgerechnet von einer Agnostikerin war ich nach Kirchenweise ins Finstere geführt worden, und zwar mit *Näglein besteckt.* Natürlich kam ich mir anfangs reichlich albern vor, wenn ich am Bett eines kleinen Buben mit dünner unsicherer Stimme von diesen alten Nelken sang, aber Jean-François schien es zu mögen. Agnes und Erwin gleiten ihrer Wege, wenn von Joeys Sohn die Rede ist. Joey selbst weicht dem Thema erst recht aus. Wenn einer von uns das Wort Sohn fallen läßt, verdunkelt sich ihr Schatten.

Daß es schlecht um ihn stand, war schnell zu erkennen. Als wir auf dem Grundstück der Frau aus Kaiserslautern anlangten, morgens gegen Zehn, kamen alle möglichen Leute zur Begrüßung heraus. Sie nahmen es lässig hin, daß noch einer mitgekommen war, der Ralph hieß. Ein dünner Junge löste sich von der Wand, als habe er kein Anrecht darauf, den anderen im Weg zu sein. Als ich ihn mit engen Schritten aus dem Schatten treten sah, wußte ich nicht, wer er war, wußte überhaupt nichts von einem Sohn, hätte an der Art, wie er sie begrüßte, auch nie einen erkannt, obwohl Joey bei seinem Anblick in die Knie ging und ihn herzlich in die Arme schloß. Als aber das Kind zu mir, der ich dahinter stand, aufsah, war alles klar: ein prüfender Blick, weshalb ich die Tasche seiner Mutter trug.

Er war unnatürlich beherrscht. In seiner Stimme ging es nicht nach oben, ins Helle hinauf, wie bei

Kindern üblich. Die wenigen Worte, die er sprach, versanken wie Steine in einem See. Eine Enklave aus Puritanern und Transzendentalisten, die fünfhundert Jahre abgekapselt von der übrigen Welt lebte, hätte kein ernsthafteres Kind hervorbringen können.

Obwohl er schon acht Jahre alt war, hatte Jean-François nie eine Schule besucht. Er konnte weder schreiben noch lesen, beherrschte kaum die Grundrechenarten und sprach ein seltsames Gemisch aus Deutsch, Englisch und Französisch, jedes Wort für sich genommen korrekt, im Zusammenklang aber ein Babel, wenn auch ein wortkarges. Die Enthusiasten einer gemeinsamen Sprachwurzel, die sich im achtzehnten Jahrhundert über die adamitische Ursprache den Kopf zerbrachen, wären über diesem Kind ins Schwärmen geraten. Indem er die Mutter von einem Land zum andern begleitet hatte, war er um die Schulpflicht herumgekommen. Joey hatte sich nur flüchtig darum gekümmert, ihm etwas beizubringen. Er hatte sich darauf verlegt, sein verantwortungsvolles kleines Leben dem riskanten, wetterwendischen der Mutter anzupassen. Er schien über sie zu wachen, die Rollen waren vertauscht. Jean-François war verschlossen und darauf bedacht, niemandem zur Last zu fallen. Er hatte eine kleine Ader an der linken Schläfe, die auffällig zu pochen begann, sobald sich bei Joey eine ihrer raschen Stimmungen ankündigte.

Unzweifelhaft, in diesem Kind lebte ein auferstandener Toter. Aber welcher? Es dauerte eine Woche, bis er zu mir Vertrauen faßte, nein, Vertrauen nicht, sagen wir lieber bis er sich an mich gewöhnt hatte. Die Annäherung geschah von ihm aus, gleichsam auf leisen Sohlen. Er wünschte mir jeden Morgen einen anderen guten Morgen, testete seine Sprachen an mir und begann damit, mich unauffällig zu bedienen, nicht mit dem Eifer eines Kindes, das zeigen will, was es schon kann, sondern rücksichtsvoll. Jean-François hatte meine Gewohnheiten schnell verstanden und brachte nur das in meine Reichweite, was mir tatsächlich angenehm war, nicht übertrieben schnell, eher wie nebenher, als würden Kaffee und Zigaretten absichtslos in meine Nähe verschoben.

Es endete damit, daß ich mich jeden Tag zu ihm setzte, um ihm Lesen und Schreiben beizubringen. Wir einigten uns auf Deutsch. Er schien das Lernen nicht eigentlich zu genießen, benahm sich eher wie ein Schüler, dem es nicht zukommt, einen Erwachsenen zu betrüben, der ihm freiwillig zwei Stunden am Tag opfert. Er lernte weder wie im Flug, noch war er begriffsstutzig, erledigte die Aufgaben, die ich ihm auftrug, aber immer gewissenhaft.

16	3	2	13
5	10	11	8
9	6	7	12
4	15	14	1

Inzwischen war ich auf der Toilette und finde bei meiner Rückkehr ein heißes Kaffeekännchen und ein Mineralwasser vor; der Kuchen ist noch unberührt.

Welch ein Unterschied, ob ein Mann durch einen leeren Raum geht oder durch einen hauptsächlich mit Frauen gefüllten. Ich atme, was aus feuchten Frauenkleidern aufsteigt. Das Rösler ist jetzt in Hochform, es hat seine samstagmittägliche Resurektionsspritze bekommen. Frauen rauchen, Frauen senken ihre Löffel in die Suppen, Frauen lassen ihre Taschen von den Stühlen hängen, und wie ich annehme, wird die Besucherschar auch von dort her immer wieder ergänzt. Wobei mir der Gedanke kommt, einen Stuhl zu besteigen, den Finger zu heben und ihm den Befehl folgen zu lassen: Frauen, mal herhören! Auf Eins zieht ihr eure Kostümjacken aus, macht euch frei und hebt die Arme, damit eure Achselhöhlen begutachtet werden können. Die buschigste Achselhöhle bekommt ein Silvana-Mangano-Ehrensäckchen gefüllt mit bitterem Reis und darf das Mittagsmahl auf meine Rechnung setzen. Ganz schön in Fahrt, der Junge.

Wie schade, daß ich meinen Kollegen Stark nicht dabei habe. Stark ist ein Schelm, der in Pforzheim zur Welt gekommen sein will – an einem 11.11. um 11 Uhr 11. Eine Wundergeburt kann man seine Geburt zwar nennen, aber am 11.11. ist sie nicht erfolgt. Der kleine Stark hat in der Nacht des 4. Dezember 1944 zum ersten Mal geschrien. Nicht in Pforzheim, sondern mitten in der Heilbronner Gluthölle, in einem Keller, umgeben von geschrumpften Brandleichen.

Stark wäre Manns genug, auszuführen, was bei mir bloß durch den Kopf schleicht. Stark fackelt nicht lang. Wenn man ihn mit drei bis vier Bieren und vielleicht ebenso vielen Schnäpsen unterstützt, kommen die Ideen zum alsbaldigen Gebrauch. Stark ist Nahkampfspangenträger in Sachen Geschlechter, auch in unserer heruntergestimmten Zeit. Eh die Welt eingreift, bleckt er die Zähne, und los geht's. Wobei Stark Mathematiker ist, ein exzellenter sogar, und sich trotzdem benimmt, wie man es bei einem Mathematiker nicht für möglich hält. Bei ihm ist das Denken Handlungskompaß, bei mir führt Denken in erster Linie dazu, daß ein Handeln unterbleibt. Ist Stark mein Freund? Eher nicht. Zwar ist er der Einzige, dem ich von der Großen Reise erzählt habe und der an keinem meiner Worte zweifelte, sondern gleich mehrere Biere auf mein Wohl trank und dabei ins Fachsimpeln kam, als gelte es, eine besonders interessante Kurve zu analysieren. Stark nimmt jeden, wie er ist, und wählt deshalb niemand Bestimmten zum Freund. Vielleicht ist er mein Freund, und ich bin seiner nur, wenn wir zufällig im Wirtshaus beisammen sitzen. Genauso selbstverständlich, wie er mit mir über Stefan George im Totenreich spricht, könnte sich Stark mit einem mehrfachen Mörder über das Maximum an Leichenteilen unterhalten, die man in eine Kühltruhe stopfen kann.

Bei all dem ist Kollege Stark durchaus ein Menschenkenner. Er kennt meine Gewohnheiten genau und würde sich keine Sekunde darüber wundern, was ich hier allein zwischen so vielen, meist betagten Frauen verloren habe. Er sieht in mir keinen gewöhnlichen Frauenjäger, sondern einen aus dem Rudel gefallenen Mann, der in Frauenschätzen stochert, weil in seinem Inneren ein Weibchen nistet, eines, das zum Beispiel Handtaschen aufmerksam betrachtet oder jedes nichtrasierte Haar am Bein einer Frau.

Joeys Achselhöhlen waren im übrigen tadellos gehalten, was man gemeinhin von den Blumenkindern nicht behaupten kann, die Haare stehen ließen, wo sie wuchsen. Nicht, daß ich für Blumenkinder und deren Mode viel übrig gehabt hätte. Anders auf der Insel. Was an dieser Mode anziehend war, hatte sich da raffiniert entwickelt, war unter einem leuchtenden Himmel zur Vollendung gelangt und wurde von gutaussehenden Menschen getragen, in der Mehrzahl jedenfalls. Unter diesem Himmel schlug das Weiß der Gebäude blendend hervor, und die blauen Umrandungen von Fenstern und Türen faßten die

Elemente, die einem Haus Charakter verleihen, zu einer Einladung zusammen. Durch die Perlvorhänge der gekalkten Kuben traten aber selten Einheimische, sondern junge Leute, von deren Hand- und Fußgelenken Schmuckgerassel erklang; Männer, die ihre Köpfe mit Piratentüchern umwickelt hatten, worauf bei den kühneren noch ein Sombrero gekommen war; Frauen, die indisch bestickte Hemden und geschmückte Strohhüte trugen.

Als besonders korsarenhaft habe ich den Besitzer einer damals gefragten Boutique in Erinnerung, einen schmalen Mann von dunkler Haut mit glitzernden Insektenaugen und schwarzem Pferdeschwanz. Sein R4 war mit kleingeblümelten Stoffen überklebt, führte Namen und Adresse der Boutique in schnörkeliger Schrift. Tief eingezogen in die Außenmauer besaß der Laden nur ein winziges Schaufenster, gerade mal klofenstergroß, und war trotzdem der Blickfang der ganzen Straße. Von Woche zu Woche wurde umdekoriert, mit Figürchen jedesmal eine neue Bühne geschaffen. Weiß der Himmel, woher der Korsar die Figuren nahm, all diese musizierenden Pinguine, das Besenballett, den Delphinzirkus, die Mönchlein mit den langen Kapuzen, die ein Kreuz durch eine Kakteenlandschaft schleppten, von denen einer, die Hand an der Stirn, zum Scheinwerfer aufsah.

Joey kannte den Mann gut, ich hatte sogar den Verdacht, zu gut, weil sie sich mit aneinandergelegten Handflächen begrüßten, Joey neben ihm auf einem Schemel Platz nahm und beide aus demselben schlanken Wasserglas den Kaffee schlürften.

Was blieb mir anderes übrig, als mich im Laden umzusehen. Eine Pumphose anzuprobieren, habe ich jedoch nie über mich gebracht, obwohl mich Pumphosen und die dazugehörenden Samtjäckchen durchaus faszinierten. Für einen Moment durfte ich mich dank Juan Pablo (so hieß der Korsar) für einen Avantgardisten der damaligen Mode nehmen. Frisch ausgepackt lag ein federleichter Anzug über dem Ladentisch, sein Stoff gewachst und mit winzigen Gumminoppen bedruckt, wodurch ein helleres, glänzendes Grau von einem dunkleren, stumpfen besprenkelt wurde. Ich nannte ihn meinen insulanischen Staatsfrack und besitze ihn noch, erlaube mir auch zu erwähnen, daß ich bis heute gut darin aussehe, sogar ziemlich gut – he Joey, kein Kommentar? Joey hat sich in Richtung Küche verzogen, ihre alte Rivalin Edie im Schlepptau.

Eine göttliche Ruhe kehrte in mich ein, da ich lernte, in den Cafés der Insel zu sitzen, Woche für Woche unter flappenden Markisen. Warm, kalt, Eiswürfelgetränke halfen, auf meine gebräunten Handgelenke zu blicken und zu erkennen, daß ich mit dem, der ich noch vor wenigen Tagen gewesen war, nichts mehr gemein hatte. Ich genoß es, für mich zu sein, und ich genoß es, mich mit Joey in der Öffentlichkeit zu zeigen.

Begleitete sie mich, kam alsbald Unruhe auf. Joey wirkte wie ein Magnet. Lässige Betriebsamkeit entfaltete sich um sie herum; man wechselte die Orte, war vom Nachmittag bis in die Nacht mit mindestens zwanzig verschiedenen Leuten zusammengewesen und hatte es nicht bereut. Nie wieder bin ich derart mühelos mit Menschen in Kontakt gekommen. In diesem freundlichen, flüchtigen Menschenstrudel fühlte ich mich bald so wohl, als hätte ich meine Tage nie anders zugebracht. Als Zaungast hatte ich keinerlei Verantwortung zu tragen, mußte mich um keine Verabredung kümmern und war doch als Joeys Begleiter vollkommen akzeptiert. Trotz der vielen Menschen stellte sich die Verbindung zwischen uns leicht her. Ein Blick, eine winzige Berührung genügten.

Der Zimmermann-Körper war freigesprochen worden. Er hatte an Lässigkeit gewonnen, seine Haut wirkte wie fein poliert. Breitete sich einer seiner Arme über die benachbarte Lehne eines Stuhls, lag da ein sehniger Unterarm, einladend unter dem hochgekrempelten Ärmel, lag wie erstaunt, daß er da so allein hingelegt und liegengelassen worden war.

Es ist keine Rose einer Rose, kein Ei einem Ei, kein Aal einem Aale, kein Löwe einem Löwen, kein Adler einem Adler, kein Mensch einem andern Menschen vollkommen gleich. Ein so harmloser Gemeinplatz konnte mich auf meinem Rohrsessel unter der Markise in warme Erregung setzen. Meine Liebesenergie umfloß sämtliche Geschöpfe, die mir vor die Augen kamen. Keine Eifersucht, kein Haß wurde aus dem Nachtsack gelassen, nur Karikatürchen der

Eifersucht sprangen an die Sonne, sanken hin und schmolzen weg, sehr zu meiner Erheiterung.

Joey und Edie gelangen mit einer Kellnerin aus der Schwingtür, wo sie mit ihrem Radar etwas ausfindig gemacht haben, was sie hinterhältig grinsen und ihre Totenfinger Krabbelbewegungen machen läßt, womöglich eine Kakerlakenkolonie unter der Spüle. Schllllup. Ein Sog aus dem Nichts zieht sie wieder an Ralphs Tisch. – Was in der Küche los war? – Edie antwortet nicht, sondern setzt mit hüpfenden Krabbelfingern über Ralphs Wasserglas, worauf es braust, als zergehe darin der letzte Bröckel eines Alkaselzers.

Eifersucht wurde, bevor die ersten Haßperlen an der Oberfläche platzten, erstickt.

Die Vergangenheit leerte sich. Keine Träume mehr, von denen ich nachts aufschreckte. Vier Inselphotos zeigen mich lächelnd. Anscheinend habe ich wie ein sehr lieber Idiot immerzu gelächelt.

Vom Frühling hergelockt, wogten immer mehr Menschen vorüber. Dieser Strom! Das Gleiten, Schlendern, Mähnen tragen und Mähnen aus dem Nacken werfen hatte mich verzaubert. Wie ein Junkie, der immerzu auf eine Kerzenflamme starrt, starrte ich auf bewegliche Menschen. Natürlich war dabei Strahlung im Spiel, eine, die von Joey ausging und sich anderen mitteilte. Obwohl meine Begleiterin längst kein strahlendes blondes Wunder mehr war, sah ich etwas von der einst so perfekten Joey-Materie im Menschenstrom schimmern.

Das Leid sei nicht nur unser Erzieher, sondern

auch der große Arbeiter an der Wohlfahrt und Schönheit der Welt, behauptete Raoul Heinrich Francé, Begründer der Deutschen Mikrologischen Gesellschaft. Nach jedem Desaster wird der Mechanismus der Schönheit mit kalten Fingern wieder in Gang gebracht.

Auf der Insel herrschte eine übertriebene Schönheitsanbetung. Sie führte zu grotesken Aktionen: das Quass, die Diskothek, die unsere Schar mindestens zweimal die Woche aufsuchte, entschloß sich zu Werbeaktionen der besonderen Art. Krankenwagen fuhren in die Stadt ein, weißgekleidete Wärter stiegen aus, griffen nach den schönsten Frauen, die sie erwischen konnten, schleppten die sich manchmal heftig Wehrenden in ihre Wagen und schafften sie ins Quass. Wer nicht wußte, daß es sich um einen Werbestreich handelte, mußte glauben, Irre würden von der Straße weggefangen. Anderntags spazierten die Wärter des Quass am Salinenstrand entlang und übergaben an Mädchen mit Idealmaßen Freikärtchen – nach einer eingehenden Musterung und nicht ohne denen, die dabei durchgefallen waren, solche Kärtchen mit einer tadelnden Fingerbewegung zu verweigern.

A propos Irre. Welch ein Irrtum, wenn sie glauben, daß Gott sie nackt brauche und sich als Nebeneffekt bei ihnen die Lust einstellt, ein Publikum aus gewöhnlichen Sterblichen zu vexieren. *Kömmt dann Wahrheit mutternackt gelaufen, führt der hellen Töne Glanzgefunkel und der grellen Lichter Tanz durchs*

Dunkel, rennt den Traum sie schmerzlich über'n Haufen. Horch! die Fackel lacht, horch! Schmerzschalmeien der erwachten Nacht ins Herz all schreien. Ich murmele diese Verse zu meiner Beruhigung, denn im Gedicht ist die einbrechende Wahrheit immer noch schön, trotz Schmerzschalmeien. Kommt die Wahrheit an die Sonne, ist jeder Genuß dahin.

Wahr und profan bis in die häßlichen Brustwarzen agierte ein dickliches spanisches Kind mit Kraushaar namens Marisa. Marisa mochte Ende Zwanzig sein. Sich im Soledad ungebeten an Tische setzen und fremde Gläser austrinken, war ihre harmlosere Spezialität. Ein Plapperatismus drehte sich wie ein quietschendes Hamsterrad, kam in Fahrt über's Wort amor – *amor-amor-amor* – und strebte dem immerselben traurigen Höhepunkt zu, an dem Marisa die Kleider fallen ließ, ihr wenig begehrenswerter Leib von einem Kellner mit einem Tischtuch umzogen wurde, der auch ihr Zeug aufsammelte, es ihr vor die Brust drückte und Marisa aus dem Lokal schob. Die Verhüllung geschah mit Anmut, während von der Enthüllung etwas so Häßliches ausging, daß alle sich abwandten. In den sechs Wochen, die ich mit Joey auf der Insel verbracht habe, war ich oft Zeuge einer solchen Aktion, und jedesmal reagierten die Kellner bewundernswert.

Natürlich drängten sich auch andere Außenseiter an die Gäste – unten angekommene Fixer, die Zuckerpäckchen, und was sie sonst zu fassen kriegten, von den Tischen klauten. Joey kannte einige von ihnen, hielt aber auf Abstand. Solange sie bei Kasse waren und in guter Verfassung, hatten Drogenabhängige nichts zu fürchten. In den Bars ging es außerordentlich tolerant zu, davon zeugten die Toiletten mit den in bequemer Höhe geplättelten Auslegern für die Kokslinien, rückenfreundlich, wie ich aus Erfahrung weiß. Während meiner Wochen war allerdings schon zu merken, daß der Paradieszipfel faule Stellen hatte und bald kippen würde – ein Frankfurter Zuhälterring hielt Einzug, binnen kurzem waren Kneipenreviere abgesteckt, und die Szene brutalisierte sich. Kein seltenes Vorkommnis mehr, daß bekokste Triebfahrer mit Speedbooten die Köpfe von Schwimmern zermanschten. Ins esoterische Unterholz, wo sie sich selbst genügten, verkrochen sich die Hippies der Letzten Tage, wurden lederhäutig, repetierten und archivierten, was an Sätzen und Sächelchen von ehedem ihnen geblieben war. Gott, was ist mit den Leuten geschehen! Auf einen Haufen toter Hippies gekippt, die meisten von ihnen, und wer noch lebt und noch immer Räucherstäbchen brennt und inbrünstig die Handflächen zusammenlegt, ist längst scheintot.

Mein damaliger Freund Rezzo sprach vom kleinen oder großen Om, je nachdem, ob er einander grüßende Hippies vor sich hatte oder einen Einzelgänger, der die Handflächen zusammentat und in der Landschaft hockte, um den Beobachtungskreis um sein Inneres zu schlagen. Rezzo war der Einzige in Joeys Runde, der Humor hatte. Er war selbst zeitweilig ein Om-Jünger gewesen, hatte das trübsinnige Luftbrummen aber satt und fand es inzwischen abstrus, die Seele vom Körper abscheiden zu wollen. Außerdem behauptete er, die Om-Jünger würden allmählich blind, weil sie den Gehirnstillstand zu oft erzeugten. Wenn er solches Zeug erzählte, ließ Rezzo seine schweren Lider über zwei völlig ausdruckslose Augen fallen.

Unsere Schar bestand aus mindestens fünf, manchmal aus bis zu neun Leuten. Dem engeren Kreis sich zurechnen durften die Frau aus Kaiserslautern, bei der wir wohnten, ihr Freund Dieter, genannt Comodore, dann der erwähnte Rezzo, und natürlich Joey und ich. Hin und wieder gesellten sich unsere Nachbarn hinzu oder Gundi aus Wolfratshausen, die nicht aufhören konnte, von ihrem Vollblutmaler zu reden, womit ein teigiger Frankokanadier gemeint war, dessen Name mir jetzt nicht einfallen will. Nur seine Portraits kann ich mühelos heraufbeschwören, vielleicht, weil er auch eins von Joey gemalt hat, das ihr nicht im mindesten ähnelt. Die Sitzfiguren waren vorzugsweise in orange oder lauchgrün gehalten, kniffen die Augen zu und hatten kranke Geschlechtsteile, ihre Hände erinnerten an Rüben oder Wurzelstrünke. Trotz der heiteren Farben schien eine tiefe Erbitterung von ihnen auszugehen, als wendeten sie alle Kraft an das Unglück.

An den beiden Männern, die das direkt am Meer gelegene Nachbargrundstück bewohnten, konnte ich Muttervergleiche anstellen. Ditzie war ein blonder

Hüne mit Schwarzenegger-Oberarmen, aber sein Freund, klein und dünn, mit dunklem Menjoubärtchen und jeweils zwei parallel verlaufenden Falten neben den Mundwinkeln, hatte das Sagen. Demetrios, oder Demi, wie er gerufen wurde, Sohn eines Griechen und einer Tübingerin, war ein Tyrann, dem sich der Ärger über jede Kleinigkeit in die Züge fraß.

Gesehen und erlebt habe ich auch die Mütter dazu. Nicht nur einmal, sondern mehrere, sich für die Beobachtung zunehmend günstig entwickelnde Male. Die beiden aus ganz verschiedenen Mutterkasten gezogenen Männer wirkten wie leere Batterien, sobald ihre Mütter sich an ihnen zu schaffen machten. Eine jede arbeitete für sich und hatte damit Erfolg. Die schlegelförmigen Beine der Tübinger Mutter kamen zum Einsatz, in hartem Takt zur Stimme, die sogar bis in unser Haus drang. Die andere Mutter war lieb, weich, schreckhaft und forderte ihren Sohn mit einem Lächeln dazu auf, sich ihrer redlichen Meinung anzuschließen. Über dieses Lächeln liefen hundert kleine Verbindungen und drehten die Schnur zwischen zarter Mutter und riesenhaftem Sohn wieder fest. Sie erinnerte mich an meine.

Auf uns Junge oder erst Halbalte wirkte es befremdlich, daß die Tübinger Mutter, in den Jahren am weitesten vorangerückt, als einzige dazu überging, sich auf dem Dach des Hauses vollständig zu entblößen. Zum Sonnendienst befohlen war auch Demetrios, zum Haare einölen und Kopfhaut massieren. Daß seine Wangen bei diesem Dienst gefährlich zuckten, konnte die mit hängenden Händen Daliegende nicht sehen. Die andere Mutter schämte sich für die Tübinger Mutter, war aber zu eingeschüchtert, um zu opponieren und reagierte mit schwäbischem Abwehrzauber, der alles aufrief, was zwischen Sindelfingen und Kornwestheim für ehrbar gilt. Die Lage verschärfte sich, als die Tübinger Nackte dazu überging, die Oberarme des Hünen anerkennend zu befühlen.

Als sie eines Abends verlangte, ins Quass mitgenommen zu werden, erteilte ihr der Türsteher eine Lektion. Der Mann blieb taub, für ihre Drohungen wie für ihre Schmeicheleien. Es fruchtete nicht, daß wir Stammgäste waren und in unserem Schlepp gewöhnlich mitnehmen konnten, wen wir wollten. Vielleicht lag's am flackernden Licht des Eingangs, daß ich in Demis Augen Triumph funkeln sah. Mit zuckenden Wangen kehrte er um und fuhr sie nach Hause, stieß später zu uns in aufgekratzter Stimmung, das Geschlecht zu einer kleinen Granate geschwollen, bereit, noch in dieser Nacht Erlösung zu finden bei mindestens fünf jungen Männern, die seine Geladenheit ihm nacheinander zu traktieren befahl.

Stillschweigend bin ich darüber hinweg geglitten, daß auch Joey zum Mutterclub gehörte. Aber bei ihr versagt jeder Vergleich. In einem Augenblick war sie Mutter, im nächsten war sie's nie gewesen. Joey schaffte es, ihren Sohn zu vergessen, wann immer es ihr paßte, und zwar so radikal, als hätte er nie existiert. Das klingt nach Verleumdung. Keiner da, Joey zu verteidigen? Joey legt allerdings keinen Wert darauf. Selbst wenn Jean-François kommt und sie sorgfältig ansieht, verbleibt Joey im Unbestimmten. Es scheint dann, als presse eine unbekannte Macht diesen Sohn wieder zusammen und bringe ihn zum Verschwinden.

Im Quass wurden wir unsere Sorgen los, falls wir welche hatten. Hier kapitalisierte sich unser Körpervermögen zu einem garantierten Plus. Der Ewige mag wissen, weshalb er uns derartig verwöhnte. Schwebender Übergang von Mensch und Fisch, Mensch und Pflanze, Mensch und Mineral, je nach Neigung und Moment. Unter dem Kommando karibischer Balladen, die in gestammeltem Kinderenglisch auf uns niedergingen, sprangen wir gelenkig und drehten uns lässig. Das Schwimmbassin war höher gelegen, an seinen Wänden waren Fenster eingelassen, um darin Schwimmer zu beobachten, die in Kleidern durchs Wasser zogen wie zu allem entschlossene Blumen. Für Sekunden kamen wir unter Gekrach, hämmerweis zuckten wir mit Blättern und Stengeln, blieben aber doch im eigentlichen Pflanzensolitäre. Einzelne Erhabenheit, wohin man trat und stand. Für unser Empfinden hatten wir schon immer existiert und würden immer existieren. Keiner verwelkt oder vermodert, keiner Erinnerungen ausdünstend. Unsere Psychopompen hielten sich dezent im Hintergrund, bereit, heranzutreten, wenn wir nach Verlassen des Quass zu übermütig in die Kurven fuhren, doch solange wir uns im Quass aufhielten, waren wir sicher und blieben intakt.

16	3	2	13
5	10	11	8
9	6	7	12
4	15	14	1

Fühlbare Erholung ist eingekehrt. Das Rösler hat seinen optimalen Takt gefunden, ruhig atmet es über der Ein- und Auskehr seiner Gäste, mit sparsamst kalkulierter Bewegung wirtschaftet jede Kellnerin in ihrem Laufkorridor. Wir gehen jede Wette ein, daß er uns gleich mit seinem Reptilientick kommt. Hat in der Zeitung das Wort Echse aufgestöbert und –

Der Jesus-Basilisk versteht es, auf Wasser zu laufen. Im aufrechten Spurt über einen Tümpel, einen stillen Flußarm, für den Jesus-Basilisken alles kein Problem. Nur über den Canale Grande würde er es wohl nicht schaffen.

Er ist ein Flitzer, während wir vom Menschenjesus annehmen, daß er gemessen über den See Genezareth schritt. Der Basilisk setzt seine Hinterbeine so schnell, daß die Wasserhaut den Körper trägt. An ihren Unterflächen sitzen pneumatophorische Minikissen, winzige Luftmatratzen, aufblasbar abblasbar im Raketentempo, die helfen jedem Fuß, sich für Sekundenbruchteile auf der Wasseroberfläche zu halten. Droht der eine Fuß einzusinken, setzt der nächste auf, und immer so fort in rasender Geschwindigkeit. Raketentempo, Minikissen – was für ein Unsinn. Wir rufen alle verstorbenen Jesus-Basilisken zum Zeugnis, daß sie Hautläppchen zwischen den Zehen ausfalten und damit ihre Fußflächen vergrößern. Bekommen sie Land unter die Füße, legt sich die Haut wieder brav an die Zehen an.

Fräulein, noch einen Wodka bitte! Und auch einen für Sie, trinken wir gemeinsam auf den Jesus-Basilisken, der dieses Wunder Tag für Tag vollbringt.

Anscheinend will sie meine Einladung überhört haben, zum Wodka hat sie aber genickt, schätze, den werde ich bekommen.

Wir gehen besser in Deckung, es wird ernst. Agnes nähert sich ihrem Sohn und versucht vergeblich, ihm die Haare aus der Stirn zu streichen. Steckt noch viel Liebe in diesen nutzlosen Fingern.

Bei Jesus war Eile nicht nötig, das Wasser trug ihn auch so. Ein derart vom Gotteskitzel erregter Mensch verfügt über genügend pneumatophorischen Auftrieb, um sich in ungewöhnlichen Lagen zu halten. Das genaue Wie und Was kennen wir natürlich nicht. Die Sandalen wird er vorher abgelegt haben. Dabei ist noch gar nicht bedacht, daß wir hier von Gottes Sohn handeln und das jesuanische Fleisch in einem einzigartigen Mischverhältnis halb und halb komponiert war – jawohl, komponiert! – fünfzig Prozent Gott fünfzig Prozent Mensch, jeder Anteil versehen mit der Potenz, die andere Seite ganz zu sich herüberzuziehen.

Oder in einer leuchtenden bräutlichen Konjunktion verschmolzen, die aus diesem Körper kraft Gotteseinwohnung einen einzigen Weckruf machte, so daß ihm Levitation, Wassergang und dergleichen ohne weiteres zuzutrauen ist. Levitation und Wassergang zählen bei uns zu den leichtesten Übungen. Jeder tote Trottel kann so was aus dem Efef.

Was immer man dazu sagt, es bleibt irgendwie kümmerlich auf der Strecke. Mit dialektischer Betriebsamkeit kommen wir hier nicht weiter. An den Verhältnissen in diesem Körper starren wir uns blind. Nehmen wir zum Vergleich die Aureolen, den Kopfschmuck der Heiligen, diese speziellen Glanzgebilde, die mal stärker, mal schwächer, mal rötlicher, mal bläulicher leuchten und damit die Besonderheit jedes einzelnen Heiligen anzeigen. Nicht nur der Kopf, jede Pore in Jesu Haut war von einer Miniaturaureole umgeben, Tausende von Aureolen versammelten sich da, die ihre energetische Kraft aus dem Körperinneren bezogen. Im Innern zitterte die messianische Vervollkommnungsbegierde, gab Leuchtkraft ab und wirkte Wunder. Ein solcher Körper wird natürlich nie krank und schlaff, er schläft kaum, ißt und trinkt wie ein Rotkehlchen, läuft und schwebt und sinnt und spricht, bis alle Fingerzeige gegeben, alle Gleichnisse kommuniziert sind. Und wird dabei dünner und dünner, bis zur Generalprobe, da Muskeln und Sehnen in extremis hervortreten und der Geist brennt.

Dann zog Demut ein, die totale Demut. In dem Augenblick, da Jesus freiwillig in die Knechtschaft trat und sich ans Kreuz schlagen ließ, erloschen die Aureolen. Der versammelte Grimm der Natur schoß in sein Fleisch und scheuchte die göttlichen Anteile hinaus. Todesringen während einer entsetzlich gedehnten Folterzeit, bis endlich endlich, das *Consummatum est* gesprochen werden konnte.

Das versammelte alkoholische Konsumat ist ihm ins Hirn gestiegen. Still jetzt, da kommt er. Immer nur her zu mir, mein Freund.

Was die übrigen jesuanischen Wunder anlangt, so habe ich zu ihnen eine herzliche Beziehung, generell eine sehr herzliche Beziehung. An jedes einzelne Wunder habe ich in Kindertagen geglaubt, und es fällt mir kein Grund ein, weshalb ich sie im Erwachsenenalter bespötteln sollte. – Danke! – Jesus, auf dich und deine Wunder!

Schon wird mir warm. Wir ziehen uns zurück. Agnes weiß natürlich, daß sie ihren Sohn vom Wodka nicht abhalten kann. Streicht noch einmal über seinen Kopf und entfernt sich. Nur Andy bewegt sich durch die abziehende Kellnerin hindurch und setzt sich zu ihm, animiert wie ein junger Pudel. Wenn er könnte, würde er Zimmermann jetzt eine seiner Lieblingsperücken vermachen, in einer flachen Schachtel, mit rosa Schleifchen auf dem Deckel. Tempi passati. Andy ist früher regelmäßig in die Kirche gegangen. Blasphemie? Fehlanzeige. Totales Enthaltungsprogramm diesbezüglich. Als Ultra Violet eines Tages mit der Idee bei ihm aufkreuzte, das Vaterunser aufzusagen und darin das

Wort Vater durch das Wort Arschloch zu ersetzen, fand er sie mitsamt ihrer Idee abstoßend. Blöd, vulgär, widerlich. Einmal hat Andy an einem Jesus-Kopf rumgedoktert. Leuchtkonturen um Wangen, Kinn, Nase, Augen aufgelegt. Als Grundlage diente wie immer ein Photo, ein Kopf von Caravaggio, ums Zwanzigfache vergrößert. Dann hat Andy das Ganze idiotisch gefunden, alles zerschnitten und zerfetzt.

Mein Lebenswille war irgendwie geknickt, als es passierte. Die Speiseröhre muß ziemlich ramponiert gewesen sein, wahrscheinlich in abgeschabter Verfassung. Jetzt stellt er sich dümmer, als er ist. Abgeschabt war seine Speiseröhre gewiß nicht. Die Varizen standen zu sehr unter Druck und platzten. Leberschaden, Blutstau, was bei Alkoholikern in spätem Stadium öfter vorkommt.

Daß es ausgerechnet in Venedig passieren mußte, ist mir heute noch peinlich. Auf eine Venedig gemäße Weise sterben bedeutet, sich schwarz gekleidet in ein Boot setzen, hinausrudern und vom Nebel verschluckt werden. Den Einheimischen ist natürlich erlaubt, auf gewöhnliche Weise zu sterben, in ihren Betten, im Spital oder sonstwo, ein Fremder macht sich damit unmöglich. Die Einheimischen brauchen sich um die metaphysische Dimension ihrer Stadt nicht zu kümmern. Deren Geheimnisse sind ihnen so natürlich wie das Lammfilet, das sie vom Metzger holen.

Meinen geschätzten Freunden Sergeant Pluck und Wachtmeister MacCruiskeen würde der Unterschied zwischen einem schwarz lackierten Fahrrad und einer schwarz lackierten Gondel keine Sekunde verborgen bleiben. Auf einem Fahrrad strampelt man gegen die Zeit und wird von ihr souverän zurückgeworfen, in einer Gondel gleitet man unter ihr durch. Zwischen den Beinen einer Hure durch, würde MacCruiskeen präzisieren – mit niedergezogenen Brauen und steilem Zeigefinger, um damit jede weitere Schwelgerei in der Sache zu unterbinden.

Schlimm, wenn ein Fremder gegen Winke von dort unempfänglich bleibt, schlimmer, wenn er dafür empfänglich ist, ihnen aber zuwiderhandelt. Am schlimmsten, wenn der Fremde ein Lehrer aus Deutschland ist – auf Klassenfahrt, mit einem Pulk aufgeregter Halbwüchsiger im Schlepp und einer Begleitlehrerin von elastischer Gutartigkeit, die ihn anlächelt und in die Seite stupst und aus nie versiegendem Brunnen lauter treuherzig optimistische Satzstummel für ihn schöpft. *Du. Ich bin die Lori.*

Gott ging mir die Frau auf den Sack.

Peinlich, peinlich. Im Grunde ist's überall eine hochnotpeinliche Angelegenheit, wenn sich ein Gast in ein Lokal hockt und seinen versammelten Lebensüberdruß ausspeit. Gottlob war die Klasse nicht um mich geschart, als ich spät am Abend ins Florian einkehrte auf einen letzten Drink. Der Kellner hatte gerade die Tischplatte gewischt und mir ein Glas hingestellt. Nein, ich habe keinen schönen Anblick geboten, als ich es umstieß und einen Blutschwall über den Steintisch erbrach. Eine Mordssauerei.

In Zeitlupe. In einer quälend scharfen Sekunde bekam ich noch mit, wie die in Blut ersäufte Zigarette und die besudelten Eiswürfel über den Tisch schwammen, sogar eine schwarze und plötzlich rote Fliege, die es miterwischt hatte. Bevor mir klar wurde, daß das Blut nicht von einem Niagarafall hinter mir kam, sondern aus meinem Inneren, hat mich der rapide abfallende Kreislauf erledigt. Keine Ahnung, wie ich zu Boden gerutscht bin, keine Ahnung, wie sich die aufgeregten und wahrscheinlich angeekelten Kellner benahmen, welche Mannschaft mich in den Krankenwagen lud und wie sie mit mir davonfuhr. Ich weiß nicht einmal, wie sich italienische Sirenen anhören.

Irgendwo aus erdferner Weite, aus der Milchstraße oder dem Andromedanebel oder dem nächsten schwarzen Loch, klingelte es. Telefon von Gott, dachte ich noch, und daß es einen extrem langen und extrem kräftigen Arm brauche, um nach dem Hörer zu langen. O weh, meiner war dünn und kurz.

Pause, in der gar nichts geschah.

Obwohl – das stimmt nicht. Da wurde noch über einem komplizierten Schnörkel gegrübelt, etwa in der Art von: Wie komisch, daß es einem Telefonhasser beschieden ist, einen höchst wichtigen Anruf von Gott zu bekommen, ausgerechnet in einem Moment, dem schlechtesten, dümmsten Moment, da die blutleeren Ärmchen nicht bis zum Hörer reichen.

Ich dachte noch – aber das kommt mir eher wie eine nachträgliche Ausschmückung vor –, Gott müsse mich entschuldigen, mit einem Hals voller Blut könne ich nicht richtig sprechen, sondern bloß gurgeln, ein ziemlich scheußliches Grüß Gott gurgeln, das niemanden freuen konnte, am wenigsten Ihn. Doch doch, so ungefähr ist es gewesen. Während unser Kandidat auf der Bahre lag, bereitete ihm die Unfähigkeit zu sprechen Sorgen. Es krabbelten noch paar absurde Wörter durch sein Hirn, und das war's.

Gottergeben und vertrauensselig war ich. In schlaffer Gedankenleere fühlte ich mich wohl und wäre gern darin verblieben. Fleisch, Knochen, Atem, Pulse, alles ins Undeutliche zerronnen. Schwachmatt. Nichts heben müssen, nichts senken müssen, nirgend wohin müssen, nur fallen, aber bloß wenige Zentimeter tief, worüber ein immenser Schwall Zeit verfloß, gondola gondola, klatschende schwappende schmatzende saugende säuselnde Wasser unter mir und neben mir, gondolaschwarze Wasser über mir, die eine Einladung aus Nebel und Gischt überbrachten an ein Wesen, das sich nicht mehr auf seinen Namen besinnen konnte, von einem überaus freundlichen Gastgeber erteilt, der es vorzog, im Hintergrund zu bleiben.

Dann der Ameisenlauf. Ströme von Ameisen, die mit gereckten zangenbewehrten Köpfen über meine Gliedmaßen nach außen strebten, gottzu, immer frisch, wie die Ameisen mit Millionen schütterer Stimmen sangen, Ameisenodem säuerlich riechbar an der stillstehenden Luft.

Bitte, sagte das Ameisengesamt.

Danke nach Ihnen, sagte der Rest von mir.

Nun, da war ein Weg. Ein in Plötzlichkeit gegebener Weg, von hellen Brosamen markiert. Pick pick, lauter liebe Brosamen. Eher was für Vögel, die gern herumstolzieren und mit den Köpfen nicken. It looks so tidy, sagte jemand, der sich bisher überhaupt nicht eingemischt hatte, bückte sich und las einige Brosamen auf. Der Rest von mir kann es nicht gewesen sein, der Rest von mir war noch nicht gehfähig. Der Rest von mir fragte auch nicht, wie fühle ich mich oder wer bin ich, der Rest von mir war noch nicht auf den Geschmack gekommen, wie *nicht nicht* ist, und hatte den Trick noch nicht raus, wie sich der Rest von einem nach dem Fleischabwerfen in *nicht nicht* bewegt.

Joey?

Nein, Joey spielte zunächst keine Rolle, obwohl sie mir während der Tage in Venedig beängstigend oft in den Sinn gerückt war, einmal so nah, daß ich – über den schwimmenden Aposteln in einem Bild von Gentile Bellini ins Schwärmen geraten – nicht zu meiner Klasse sprach, sondern salopp, in der Tricksermanier Mac Cruiskeens, zu Joey. Was meine braven Schüler aber nicht für Verwirrtheit hielten, sondern für einen genialen Flip ihres heißgeliebten Paukers.

Das Telefon beschäftigte den Rest. Sein Klingeln, sagen wir lieber sein Geläut, war zwar nicht direkt zu hören, sondern nur vermittelt, als wäre es aus der Erinnerung aufgetaucht. Wir ahnen, was kommt:

Telefon an der Wand. Goldenes Telefon von Andy an Jim. Agnes vibriert schon ein bißchen. Spürt's in der Gegend der mütterlichen Eingeweide von ehedem, daß ihr Erster und Einziger sie gleich auf den Plan rufen wird.

Zuhause in Degerloch hing ein schwarzes Telefon an der Wand. Es hing sehr hoch, selbst für meine Mutter etwas zu hoch, und wurde selten benützt, von mir nie. Wenn Mama einen Anruf von Vati erhielt, krampfte sie die Hand um den Hörer und sprach wie erschreckt, als wäre sie plötzlich auf eine Bühne gestellt worden, noch bevor sie Gelegenheit gehabt hatte, ihre Rolle zu studieren. Andy zieht seiner Wege, während sich Jim auf das Sesselchen fließen läßt, das Andy gerade verlassen hat. Seltener Anblick, Ralph und Jim so friedlich vereint.

Wer ruft, wer nimmt ab, wer wartet – am Telefon zeigt sich, wer hinter wem her ist. So wie Lori hinter mir her war und ich hinter Joey und Joey hinter Jim und ganze Jahrgänge von College-Knaben hinter Edie und Edie hinter Bob Dylan und Gott hinter dem Rest von mir und Reinhold Schneider hinter Gott und Stefan George hinter Hofmannsthal und Gundolf hinter George, so war Andy hinter Jim her und schenkte ihm ein vergoldetes Telefon. Lackweiß, mit vergoldeter Gabel und vergoldeter Wählscheibe, zwar nur Talmigold, aber immerhin. Doris Day hätte im Negligé Rock Hudson anrufen können mit dem Trumm, und Jim reichte ihn aus dem Fenster an einen Penner weiter. Sie fuhren in einer

Limousine, Andy übergab Jim das Geschenk, von dem Apparat könne er mit Gott telefonieren, sagte er noch, und Jim kurbelte das Fenster runter und gab ihn an den Erstbesten weg.

Andy war aber nicht der Mann, der bei einer groben Beleidigung mit den Mundwinkeln zuckt. Es gehört zu meinem Repertoire, bei Leidenszunahme mit den Mundwinkeln zu zucken. Wie mögen seine, ich meine, Andys erste Schritte *hinein* ausgesehen haben? Ob er alles mit Kameraaugen wahrgenommen hat? Andy winkt ab. Belastet sich nicht mit Erinnerungen. Früher hat er gesammelt, was ihm unter die Finger kam und hat andere Leute den Kram archivieren lassen. Bei uns kann man sein Zeug einfacher loswerden. In Pappboxen, die sich in dem Augenblick scheinmaterialisieren, da er an sie denkt, wirft Andy hinein, was er glaubt, in Händen zu halten.

Der Grund hatte sich rasch verändert und schien nun aus übereinander gelegten Fellen zu bestehen: Felle, Felle, soweit das Sensorium reichte, auch an den hoch gewölbten Seiten Felle. Ein einzelnes Haar, Katzenhaar vielleicht, muß an mein Restnasenloch geraten sein. Heftiger Niesreiz wurde verspürt, ohne daß eine Entladung folgte.

Dann wurde es kühl, rundum dezemberlich. Wäre da noch geatmet worden, hätten sich Aushauche gezeigt, so flüchtige, blasse, zarte. *In seinem Bett liegt mehr tot als lebendig Dezember, über den Augen zwei Häufchen von Schnee*, habe ich einst für

Joey in den Sand geschrieben an einem dieser idealen Quass-Schönheitskärtchen-Tage.

Der Rest von mir hatte ein flattriges Chorhemd an und war schon an den Frost gewöhnt, als er begann über eine Eisfläche zu fahren mit Schlittschuhen, die sich benahmen wie richtige Schlittschuhe, ob selbst fahrend oder gefahren werdend, war nicht zu entscheiden, mit wessen Erlaubnis auch nicht, jedenfalls war das Fahren mit keinerlei Anstrengung verbunden, da sich die Eisfläche unter die Schuhe legte und sich mit jedem Gleitschritt ein neuer Winkel öffnete und an Weite gewann. Rechts, links, rechts, links, immer schön abwechselnd, aber mit vereint geschwellter Hoffnung in den Segeln.

Angeführt, umwildert, umschlängelt, umspielt, gehoben, geführt, betrieben, behütet, pneumatisiert – wer immer da rechts aufsetzte und glitt, links aufsetzte und glitt, jede Schlittschuhlinie führte eine musikalische Zeile herauf, alle rechten Eiszüge entlehnten ihre Zeilen aus der Matthäuspassion, alle linken aus der Desolation Row – *Lebet, lebet – And the only sound that's left – St-e-e-e-e-rbet – After the ambulances go – Ruhet hier – Is Cinderella sweeping up on Desolation Row – Ihr verlaßnen Küchlein ihr – Now the moon is almost hidden – Mache dich mein Herze rein – The stars are beginning to hide – Ich will Jesum selbst begraben – The fortunetelling lady – Denn er soll nunmehr in mir – Has even taken all her things inside – Seine süße Ruhe haben – All except for Cain and Abel – Für und für – and the hunchback of Notre Dame – Für und für – Everybody is making love – Seine süße Ruhe haben – Or else expecting rain – Welt, geh aus, laß Jesum ein –*

Welch anderem Mann oder Rest eines toten Mannes war je erlaubt, zum Beweis gnädiger Aufnahme in *nicht nicht* Schlittschuh zu laufen, dahin, dahin, dahin, süß und selig dahin im Geleit seiner Lieblingsmelodien? Keinem. Nur Ralph Zimmermann, der ab jetzt und für immer mit dem Wodkatrinken aufhören wird, weil Jesus ihn wärmt.

Knochenbildung? Was will sein Hirn mit dem Wort Knochenbildung, wenn Jesus in ihm rumort?

Trotzdem wird mir kalt.

Nein, diesmal haben wir uns getäuscht. Knochenbildung hat sich bis auf weiteres verdrückt.

16	3	2	13
5	10	11	8
9	6	7	12
4	15	14	1

Es ist so ein Kaltwerden um mich, selbst in diesem gut gewärmten Lokal. Keine Heizquelle denkbar, an die man mich evakuieren könnte. Plötzlich so müde. Müde starrt er zu uns herüber. Als seine Nervengeister tun wir unser Bestes, umgaukelten ihn mit wahrem Befruchtungseifer, schaffen es aber nicht, ihn zu erwärmen.

13 Uhr 13. Vom hinteren Saal des Rösler aus ist nicht zu erkennen, ob sich die Lage draußen geändert hat. Vielleicht hat sich der Himmel in ein neugeborenes Blau gehüllt und wärmt jetzt die, die sich ihm anvertrauen, mir zum Trotz, da ich vor seinem rauhen Wind ins Caféhaus geflohen bin. Was bringt bloß den Wind dazu, im April so kalt zu wehen? An den Tagen des Gerichts gehen die Wetter extrem. Die Wutanfälle von Blitz, Donner, Hagel, die wasserprallen Wolken, die auf uns niederstürzen, sind nur harmlose Vorläufer. Allein die böse Ruhe, der foppende Rückzug, das Stillhalten wie auf Verabredung, das dem Strafwetter vorangeht! Zum Auftakt fliegen tückische Partikel herum, überall fegt Schmutz, vom Wind aufgewirbelter Schmutz durch die Straßen. Ich

bin allerdings nicht der Mann, der durch die Drastica eines Lutherwetters zur Besinnung gebracht werden muß. Mein Gemüt ist sanft. Wäre mir erlaubt, mit sechsundzwanzig gezähmten Schwänen eine Runde über meiner geliebten Insel zu drehen, wäre ich geheilt. Im Glücksstrudel schriebe ich meinen Gottesdank in den Himmel und erklärte mich für immer zu Seinem Geschöpf.

Der Mann ist unmäßig. Gerade noch bei Jesus, und schon verlangt er neue Glücksproben. Schaue er lieber mal in die Zeitung, das lenkt ab.

Knochen zum Sprechen bringen steht in der *Welt*, darüber ein Wüstenbild mit weißen Plastiksäckchen, so friedlich im hellen Sand verteilt, als wären sie von einem amerikanischen Konzeptkünstler ausgelegt, nur kniet gegen das Konzept eine schwarz verhüllte Greisin im Sand, und zwei junge Männer beugen sich über sie. Einer stillen, oft auch stinkenden Arbeit geht eine andere, noch junge Frau nach, die sich diesen Knochen widmet. Wäre ich jung, wäre das die richtige Arbeit für mich: Knochensammler. Damit jeder Knochen wieder Namen und Geschichte bekommt. Die Geduld dafür hätte ich, das Gehör und die nötige Demut in den Fingern.

Kasperle, der uralte Holzknochen, träumt in einem Gedicht von Miroslav Holub von einem Auftritt, wo er zum ersten Mal mit eigener Stimme spricht: *Ich werde es sagen, obwohl meine Stimme lächerlich, peinlich diskant klingen dürfte, werde das Ernsteste und Kruzialste sagen, werde mein Wort sagen.* Und weiter träumt der alte Holzkopf, sein Wort *werde in den Kindern wachsen und in den Großen nagen.* Mein Kasperlewunsch wäre: wenn man nur wenig an ihnen schabte, würden die Knochen anfangen zu singen, mit brüchigen, trockenen Stimmen ihre Namen singen und auch davon singen, wie die dazugehörenden Leiber umgebracht wurden. Rückspringende Beseelung der Knochen als Privileg derer, die gewaltsam zu Tode kamen. *Und siehe, des Gebeins lag sehr viel auf dem Feld und siehe, sie waren sehr verdorret. Ich will euch Adern geben und Fleisch lassen über euch wachsen und mit Haut überziehen. Da rauschet es, klappert es. Es regete sich, und die Gebeine kamen wieder zusammen ein jeglichs zu seinem Gebein.* Warum haben Konzeptkünstler nur immer so fade Ideen, warum bringen sie nicht Knochen zum Singen, machen einen ganzen Raum voll mit lauter unruhigen, atmenden Knochen aus Ruanda, Bosnien, dem Sudan, dem Irak?

Oft wird einem versichert, wie leicht es sei, Leute dazu zu kriegen, andere zu töten. Wie knapp das Zivilisationsdeckchen sei, unter dem unsere Mordlust herausschaut. Ist das erste Opfer umgebracht, folgen die anderen wie abzumähende Halme. Obwohl ich mehr als einmal den Impuls verspürte, Joey abzuschaffen, Joey stillzumachen, verstehe ich es nicht. Leute umbringen?

In manchen Fällen leistet das Unbewußte ganze Arbeit, und wenn Ralphi hernach Hände waschen geht, ist alles wieder in Ordnung, besonders bei

Fahrzeugmord, harmloserweise genannt Unfall oder – Knacksfahrt.

Viele Leute? Knacksfahrt.

Agnes hält die Hände schützend über ihren Sohn. Ein für allemal will sie klarstellen, daß es ein Unfall gewesen sei. Ein Unfall. Kein Mord. Ein Unfall.

Unmöglich, obwohl mein Hirn schon etliche beseitigt hat, wenn sie mir krumm kamen, aber das war ein gutmütiges Umbringen, etwa in der Art von: Aus dem Weg du!

Joey? Aus einiger Entfernung wiederholt Joey, daß er ein Arschloch sei. Geschieht ohne jede Erregung. Kleiner Automatismus, der dann und wann in Bewegung gesetzt wird, mehr nicht.

Würde man meine Mordgedanken mit der Gedankenkamera photographieren, wäre der fluidale Sturm eines Wutausbruchs zu sehen, und der Moment des Zurückzuckens. Der Gedanke an das Fleisch des anderen verscheucht meine Mordgedanken wie Kakerlaken, wenn man das Licht anknipst. So nah möchte ich mich mit keinem Menschen befassen müssen, wie es bei Mord nötig ist. Es sei denn, die Distanz zwischen Waffe und Fleisch ist so groß wie die zwischen Gott und Mensch.

Offenbar hat Zimmermann doch seine Wutanfälle gehabt. Wenn auch im Geheimen. Joey sah ihm diese mühsam gebremsten Krämpfe jedesmal an, wenn er keinen Laut von sich gab, aber Rot und Weiß abwechselnd sein Gesicht bezog. Der einzige von uns, der seiner Wut freien Lauf lassen konnte, auf, vor und hinter der Bühne, ist Jim. Jim hat auf der Bühne üppige Gelegenheit gehabt, den Killer zu mimen. Ist ihm nie schwer gefallen, von der Wut auf Schmeichelei umzuschalten. Böse, böse Schmeichelei, in der die Gedanken im Kampfanzug vorankrochen. Kaum hatte sich das Publikum davon einwickeln lassen, stand Jim wieder aufrecht vor seinen Gegnern: Break on through to the other side!

Tchacadou!

Nein, von uns aus ist kein Zurücksingen auf die andere Seite möglich, ein Durchbrechen schon gar nicht. Wollte sich Jim wieder in die große Wut hineinsteigern, würde er bloß lächerlich wirken.

End, End, End. Welch ein Lebenshunger im Ende, welche Schönheitsbeschwörung, dunkel und verwunschen. *This is the end, my beautiful friend the end.* Geschmeidig, katzenhaft ist Morrison den Weg ins Dunkel vorausgeschlichen, dreht sich noch mal um und sorgt dafür, daß seine Fans Spur halten. *Kreuz der Straße, wir sind am End. Abend sank schon, dies ist das End. Kurzes Wallen, wen macht es müd? Mir zu lang schon, der Schmerz macht müd.* Stefan George legt ein letztes Mal ordnend Hand an die Frisur und verschwindet im Totenreich, ohne sich nach seinen Jüngern umzusehen. Aber ich gehe jede Wette ein: auf Schlittschuhen haben sich die beiden nicht davongemacht. Eins, zwei, Tchacadou, eins, zwei, Tchacadou, das ist und bleibt meine Spezialität. Noch einen, und zwar einen doppelten, auf den Zimmermannschen Eisspezialtrick!

Er muß damit aufhören. – A u f h ö r e n !!!

Hat keinen Zweck, auch wenn wir uns noch so ins Zeug legen.

Meine kleinen Schüler in Jünger zu verwandeln kam mir nicht in den Sinn. Es war mir sogar recht, wenn sie ein bißchen bockig blieben. Geistig regsamer habe ich sie mir allerdings oft gewünscht. Selten genug kam's vor, daß meine Sätze bei ihnen zündeten. Sie zu demütigen oder gar zu schlagen, war mir kein Bedürfnis. Dazu erschienen sie mir zu dürftig, ihre Frechheiten zu wenig ingeniös, ihr Liebeshunger mitleiderregend. Ich sah die Katastrophen, denen sie entgegengingen, wenn ich auf ihre gesenkten Köpfe blickte, sah in ihnen die eigenen Klassenkameraden von einst. Bei denen ist mir bekannt, was aus ihnen geworden ist; die meisten vor sich hinwerkelnd in unglücklichen Berufen, mit unglücklichen Frauen und unglücklichen Kindern, mit Rheuma, Magengeschwüren, Glatzen und ersten Infarkten geschlagen, einer ertränkt in einem Giftfaß.

Andy hat die Folie des Zigarettenpäckchens aufscheinen lassen und ihn damit bis auf weiteres vom Wodka abbringen können.

Renzi, mein alter Katastrophenfreund, wo bist du nur geblieben.

Renzperger und Geers sind spezielle Wege gegangen. In meiner späteren Gymnasialzeit war es mir endlich gelungen, mich zweien meiner Kameraden anzuschließen. Das heißt, sie nahmen mich in ihre

Mitte. Meine Schwärmerei für alles, was aus Frankreich kam, insbesondere den Surrealismus, empfahl – sehr wohl: empfahl mich ihnen als Gefährten. Renzi, Geers, empfehle mich euch aufs neue! Aus dem Hintergrund lösen sich Figuren. Einer der beiden ist erst seit kurzem hier und noch nicht an uns gewöhnt. Ein Schatten von erstaunlicher Selbstgefälligkeit. Hält die Augen gesenkt, gibt allen zu verstehen, daß er niemandes Komplize sein will. Andy hätte ihn wohl aufregend gefunden, wenn er ihm früher begegnet wäre.

Beide hatten sich der Malerei verschrieben und hätten unterschiedlicher nicht sein können. Renzperger kompakt, im Erwachsenenalter zum Seebärenhaften hin entwickelt, mit Augen tiefblau, die zwinkerten, wenn er einen fixierte. Renzi war hart im Nehmen, mit schmalem Mund, der sich eng an die Zähne schloß. Er prügelte sich lieber herum, als sich auf Gerede einzulassen. Vor allem tat er eins: mich beschützen. Wobei ich durch ihn öfter in heikle Situationen geriet, aus denen er uns heraushauen mußte. Er provozierte gern. Sprach sein Weniges in leisem hölzernem Schwäbisch. Seine Begabung für die Malerei trat klar zutage. Skizzen führte er frei und sicher aus, er war der geborene Aquarellmaler, blieb auch in flüchtiger Materie handfest, ein etwas altmodisches impressionistisches Talent, das sich zur Unzeit ins Schwäbische verflogen hatte. Zimmermann besitzt die Gabe, uns zu verblüffen. Wir denken, der fliegt uns gleich aus der Kurve, und schon hat er seine Sinne wieder manierlich beisammen. Gedächtnis präzis wie eine Nähmaschine, Urteilsvermögen tiptop.

Schließlich ist er mein Sohn. Erwin seufzt. Einhundert Prozent zufrieden kann er mit diesem Sohn allerdings nicht sein.

Sebastian Arbogast Geers tendierte mehr zur Künstlerfigur, als daß er eine fest umrissene künstlerische Begabung besessen hätte, darum standen Renzperger und Geers in etwas gespannten Verhältnissen, wobei sie sich meiner als Medium der Entkrampfung bedienten, da ich beide gelten ließ, wie sie waren. Vielleicht begriffen meine Freunde intuitiv, daß sie es hier mit einem aus der Spezies künftiger Kunden zu tun hatten, von denen sie sich würden ernähren müssen.

Geers war schön. Von jener unangefochtenen Schönheit, die Mädchen und Frauen veranlaßte, sich auf der Straße nach ihm umzudrehen. Er hielt sehr auf seine Kleidung, trug das feine braune Haar länger als damals noch üblich, warf es in einer anmutigen Bewegung alle paar Sekunden zurück. Die schmalen Hände paradierten neben ihm her oder flogen den eigenen Gedanken voraus, sehr zum eigenen Entzücken, vielleicht etwas zu sehr. Renzi wirkte neben ihm wie ein Prolet, obwohl beide aus bürgerlichen Familien stammten. Geers hatte eine elegante hochsinnige Mutter, die sich die Kunst wünschte, und nichts als die Kunst für ihren einzigen Sohn. Ich hielt so etwas wie die blasse Mitte zwischen ihnen, war weder harzig und hart wie Renzi noch fein und empfindsam wie Geers und machte ganz allgemein weniger her.

Geers' Hände waren nicht geschaffen worden, um mit Farben bekleckert zu werden. Seinen Zeichnungen haftete etwas Markloses, Fades, bisweilen penibel Ungeschicktes an. Renzi spürte intuitiv, daß sein Rivale mehr Künstlersimulant als Künstler war, aber er blieb dessen Zauber genauso verfallen wie ich.

Ein Jahr vor unserem Abitur ereigneten sich Dinge, die das Leben meiner Freunde für immer verändern sollten. Renzi entdeckte in einer Schublade ein kleines gezacktes Photo, das seinen Vater vor einem Leichenhaufen in Polen zeigte. Geers wurde entdeckt, auf der Neckarstraße, von einem älteren Jünger aus dem George-Kreis, der ihn in das Tempeleisentum einer lichtführend reichsverwesenden Kunst einführte. Mit dem Effekt, daß Geers aus unserem Freundesbund förmlich herausoperiert wurde und nie mehr zu uns zurückfand. Das Abbrechen des Kontakts geschah so unerwartet, daß Renzi und ich uns Gründe gar nicht denken konnten. Aus den spärlichen Andeutungen, die wir ihm entlockten, war zu entnehmen, daß wir ihm nicht mehr genügten. In dem Kreis, in den er nun hineinadoptiert worden war, herrschte eine reinere, spirituellere Auffassung von Kunst, der sich die Person als Ganze weihen mußte. Vorbei die Zeit, da Sartre, Camus, die weichen Uhren Dalís und die den Popo des

Jesusknaben klopfende Maria von Max Ernst uns gemeinsam in Fieber setzten. Bei seinen Abschiedsreden umspielte ein gezwungenes Lächeln den Mund unseres schönen Geers. In wenigen Wochen war es soweit gekommen, daß er uns nicht mehr kannte.

Renzi nahm es schwer, wie Geers sich abwandte und was er in der Schublade gefunden hatte. Daß er aus unreinlichen Motiven in der Lade gekramt hatte, wahrscheinlich, um Geld zu klauen, machte die Sache noch verwickelter. Ein kleiner Verbrecher sah sich unversehens einem großen Verbrecher gegenüber, mutmaßlich zwar, denn das Photo bewies an sich noch nichts. War Renzis Verhältnis zur Familie vorher im üblichen Sinne gestört gewesen, war es nun ein unmögliches geworden. Vom alten Renzperger wollte der junge nichts mehr wissen, schon gar nicht von dessen Geld, dem Blutgeld, wie er es plötzlich nannte. Renzi wurde der geschworene Feind des Bürgertums im allgemeinen und des Stuttgarter im besonderen, und dieser Schwur mußte immer wieder aufs neue unter Strömen von Alkohol, vorzugsweise hartem, besiegelt werden.

Hatte der Vater unter seiner Tarnkappe doch recht gut gelebt – nur eine Vermutung, wie wir hier vor einem leeren Wodkaglas nochmal betonen wollen –, hatte es als kaufmännischer Leiter eines Linoleumherstellers zu Ehre und Vermögen gebracht, es sogar in eine Skatrunde geschafft, zu der sich bisweilen kein geringerer als der fidele Lothar Späth einfand. Was Anfang der siebziger Jahre dazu führte, daß

Renzi eine nicht unbeträchtliche Erbschaft, die vom Vater auf ihn gekommen war, in wenigen Monaten auf den Kopf haute. Mit einem dicken Packen Scheine erschien er auf meiner Studentenbude in Tübingen und hätte sich die Fäuste an meinem Küchentisch wundgeschlagen, wenn ich das Geld nicht angenommen hätte: fünfzehntausend Mark, eine Riesensumme zu damaliger Zeit, besonders für einen wie mich.

Bestimmt war ich der Einzige, dem Renzi von seinem Fund erzählte. Leider hatte er sich einem Unfähigen anvertraut. Ich zuckte vor der Materie zurück, geriet in einen Nebel, der meinen Verstand schlimmer erweichte als Dalís Pinsel die Uhren. Warum war das Photo aufbewahrt worden? Was zeigte es genau? Renzi hatte in seiner Verstörung die Mappe sofort wieder zugeschlagen und später nicht gewagt, es noch mal anzuschauen. Mein verwegener, ritterlicher Kamerad hätte den Kampf mit Vater und Mutter aufnehmen müssen. Selbst über die Lügen, die man ihm wahrscheinlich erzählt hätte, wären mehr Sprengsel der Wahrheit auf ihn gekommen als bei der panischen Flucht, die er vor seiner Familie ergriff. Renzi kämpfte, aber mit den Falschen. In den folgenden Jahren legte er sich mit so ziemlich jedem Wirt in Stuttgart an, mit anderen Betrunkenen und vor allem mit sich selbst. Immer wieder ist Renzi aus Stuttgart verschwunden, und niemand wußte, wo er sich herumtrieb. Sein letztes Verschwinden dauert nun schon drei Jahre an. 1994 starb sein jüngerer Bruder, Berufsoffizier der Bundeswehr, bei einem

Unglück im Manöver. Die Schwester lebt noch, einsam, von Allergien gequält, in Korntal.

Auch wenn ich damals unfähig war, so halte ich meinem alten Freund wenigstens die Treue. Von dem Geld, das er mir schenkte, habe ich zehntausend Mark auf die Bank gebracht und in festverzinslichen Papieren angelegt, um sie ihm eines Tages zurückzugeben. Wobei immer frisch die Hoffnung keimt: Er kehrt wieder, von seinem Dämon befreit, mit einem Packen leuchtender Bilder unterm Arm. Irrtum. Wir machen sein Geld von der Bank locker, das inzwischen neutral geworden ist, und verbringen die Abende zusammen. Irrtum. Sobald ich ein Lokal aufsuche, muß ich unweigerlich an meinen unglücklichen Ritter Renzi denken, der die scharfen Volkstänze, die sein Vater aufführte, als betrunkene Karikatur in den Stuttgarter Kneipen nachstellte.

Der Zufall wollte es, daß ich kürzlich nach langen Jahren, wenn nicht Jahrzehnten, Sebastian Geers wieder traf. Nein, er erkannte mich nicht, und es hätte wahrscheinlich zu nichts geführt, wenn ich mich ihm zu erkennen gegeben hätte. Ich stand rauchend an einem Stehtisch in der Halle des Stuttgarter Bahnhofs und wartete auf einen Zug. Da ging er hin, nein, er ging nicht, da wallte ein Menschenaufwuchs im hellen Anzug vorüber, unendlich verfeinert, entrückt, die lange schmale Gestalt vom Äther penetriert und von nichts Irdischem mehr besudelt, das noch immer lang getragene Haar inzwischen silberweiß. Allerdings habe ich erfahren, daß in seinem

Inneren eine – man verzeihe das Wort – *Sauerei* wüstet, ein Nierenkrebs, der ihn wohl in Kürze zur Strecke bringen wird, wie mir mein Jenseitsberater erzählt hat, der Geers, dessen Frau und die beiden Töchter aus einiger Entfernung kennt. Noch ein Irrtum. S. A. Geers ist vor dreizehn Tagen bei uns eingetroffen. Obwohl Zimmermann so aufmerksam die Sterbeannoncen verfolgt – diese eine, schlichte, ist ihm entgangen, und sein Jenseitsberater hat es bisher versäumt, ihm die Nachricht zuzutragen.

Scheiterte Geers? Als Maler blieb ihm die öffentliche Anerkennung versagt. Nur eine Ausstellung seiner Werke in Schorndorf war ihm vergönnt, eine wenig überzeugende Schau, die ich mir an einem trüben Sonntagmorgen ansah. Sein Fades und Schwächliches war in den Hafen des Kunstgewerbes eingelaufen. Aber kann man im Falle Geers' überhaupt von Scheitern sprechen, da er in einer Hülle lebte, einer Art ewiger Totenjugend? Da ihn, wie ich annehme, der selbstsüchtige Genuß am Gehalt des eigenen Ich nie verließ? Jedenfalls ist es ihm gelungen, sein Ich um eine Entourage aus Frau und Töchtern zu erweitern und diese zu bewahren. Glücklicherweise ist ihm eine vermögende Frau zugefallen, die ihn der Sorge enthob, als Maler sein Geld verdienen zu müssen. Wie Frau und Töchter ihn sahen, weiß ich nicht. Gerüchten, die ihn schmähen wollen, traue ich nicht. Vermutlich war sein Leben an Glücksmomenten reich, bestimmt reicher als meins.

Renzi, wie ich seit Jahren darum bitte, daß du

zurückkehrst! Meine Adresse kennst du, die Lokale, in denen man mich trifft, sind noch dieselben. Renzperger ist längst bei uns. Seine Knochen verrotten in einem Waldstück im Hirschbiegel, wo sie unerklärlicherweise bis heute nicht gefunden wurden. Eingeschlagener Schädel, zwei Rippen gebrochen, die Gebeine von einer dünnen Schicht Erde bedeckt. Wer da zugeschlagen hat, womit und warum – die Details dieses Raubmordes sind Nebensache. Renzperger hat es soweit kommen lassen, soviel mag genügen. Daß auch er an seinem alten Kameraden hängt, ist allerdings wahr. Wenn von Zimmermann die Rede ist, steigt das Wort Freund in ihm auf und wird groß. Eine Weile schon steht er als Wachmann neben dem Sessel des Freundes, mögliche Gegner im Visier, die unvermutet auftauchen könnten. Steht da wie festgehämmert. Eine Haltung, die bei uns nicht üblich ist. Tatsächlich weicht die Kellnerin ihm in einem Bogen aus, als spüre sie etwas von der zähen Energie, die sich da aufgepflanzt hat, Energie, mit der man besser nicht in Kontakt kommt.

16	3	2	13
5	10	11	8
9	6	7	12
4	15	14	1

Wie ich meine Eule vermisse. Sie allein wäre Grund genug, dieses öde Leben zu verlassen. Zwischen ihren Krallen gab es keine Hindernisse zur Weisheit, inzwischen haben sich alle Schranken wieder erhoben. Die Eule war mir Mutter, Vater, Meister und Freund. Sie erfaßte mich auf einen Blick.

Wie schön, wenn der Sohn den eigenen Vater zum Freund hat. Wenn alles gut geht, zwingt die Treue den einen über den anderen zu wachen. In der Süddeutschen ist ein Vater-Sohn-Paar abgebildet: Konrad Thurano, mit seinen fünfundneunzig Jahren ältester praktizierender Artist der Welt, wird von seinem Sohn in einer außergewöhnlichen Pose getragen. Ein weit ausschwingender Arm des Sohnes hält die beiden in der Balance. Der Vater liegt mit halbem Rücken auf den Knien von Johnjohn und strebt mit waagrecht gehaltenem Körper von diesem weg. An der linken Hand des Sohnes klammern sich beide Hände des Vaters fest. Der Sohn gibt den freien, dem Publikum zugewandten Spieler mit Erdverbindung, der Vater hält sich in steifer Sargpose an der Luft, nur die Hände hängen mit Macht am Sohn, leicht denkbar, daß in den Fingern eine Kraft wohnt, die den Bau ins Wanken bringen könnte. Feinkomik lautet das Stichwort, unter dem die beiden Artisten auftreten. Der alte Thurano mimt in der Regel den gutmütigen Tölpel, ist aber, wenn's drauf ankommt, noch immer kräftig und kann seinen Leib an zwei Fingern aufhängen, um Klimmzüge zu machen.

Father? – Yes, son. Unheimlich, die Pause, bis der Vater antwortet, aber immerhin antwortet er, und in der Antwort kennt er den Sohn. Noch unheimlicher die zweite Pause, die vor dem *I want to kill you* des Sohnes folgt. Mir sträuben sich noch immer die Nackenhaare, wenn ich Morrison bei seiner großen Abrechnung zuhöre. Es gelingt mir nicht, die Sätze als leichtfertiges Spiel zu nehmen, als eine nach Venice Beach verschlagene Hamletiade. Jims erkaltete Stimme hinter dem vollen fetten Sound der Doors hat mich immer glauben lassen, daß er seine Drohung wahrmachen könnte. Obwohl ich von Joey weiß, daß Morrison seinem Vater nie ein Haar gekrümmt hat und es wohl auch nie gekonnt hätte. Er hat sich verhalten wie die meisten Söhne autoritärer Väter, die sich geschädigt fühlen und mit geballter Faust in der Tasche ausweichen, sich in Machtphantasien und wilde Monologe verrennen. Wenn Morrison schwer betrunken war, brach der Redneck durch, der mit rassistischen Sprüchen um sich wirft und, wenn sich die Sache erhitzt, mit abgebrochenem Flaschenhals auf sein Gegenüber losgeht.

Giftige Bemerkungen in Sachen Trunkenheit, ausgerechnet von einem Wodkasäufer, sind hier fehl am Platz. So sehr er von ihm fasziniert ist, den Groll gegen Morrison wird er nicht los. Joey & Jim, eine teuflische Gleichung, in die Zimmermann niemals eindringen konnte, was ihn immer noch wurmt. Jim & Joey, das riskante Duo, beide von unbändiger Zerstörungslust, beide mit den Schlichen des Todes vertraut. Joey nicht minder extrem als Jim, Jim nicht weniger größenwahnsinnig als Joey.

Vater? Gib mir deine Hand, damit ich dir ein für allemal beweise, nichts hast du von mir zu fürchten.

Erwin ist sofort zur Stelle. Eine seltene Gelegenheit, da er allein gefragt ist und noch dazu mit zärtlichen Gedanken angelockt wird.

Mein Vater hat mich zu nichts gezwungen und mir nichts versperrt. Er hat mich nie geschlagen, kaum einmal angeschrien. Aus beengtem Leben ist er niemals ausgebrochen. Allen Pflichten, die ein Vater gegenüber seinem Sohn hat, ist er nachgekommen.

Die Tränen, die mir über die Wangen strömten, als ich nach seinem Tod entdeckte, welche Summe er für mich angespart hatte! Dazu ein Brief in der Schublade, der zu meinem achtzehnten Geburtstag aufgesetzt worden war, mir den genauen Zugang zu den Ersparnissen erläuterte und auch sonst Schritt für Schritt erklärte, wie im Falle des Todes beider Eltern vorzugehen sei. Ein methodisch abgefaßtes Schriftstück, das in weiser Voraussicht die Scherereien kleinhielt, die auf mich unerfahrenen Erben zukommen würden. Als hätte Vater gewußt, daß er mit Mutter zusammen sterben würde, unerklärlich auch das, wie so vieles, wovon ich nichts wußte und weiß. Wie habe ich die beharrliche Kraft meines Vaters bloß ignorieren, wie Geduld und Liebe, mit der er die Familie versorgte, unterschätzen können!

Und nun mein lieber Sohn, stand da in ausgezeichneter Schrift, *nehme ich Abschied von Dir. Behalte mich lieb*, *Vati*. Das Ende des Vau war elegant noch oben gezogen und zur Seite hin ausgewölbt, a, te und i beschützend, wie er mich beschützt hat auf seine wenig zudringliche Art.

Für gewöhnlich sind Zusammenstöße zwischen Vater und Sohn schwer zu vermeiden, es sei denn, der Vater macht einen Bogen um den Sohn, oder der Sohn einen noch größeren um den Vater. Von den verschiedenen Methoden, den eigenen Sohn vom Möglichkeitssinn her zögerlich zu bejahen, was einem Verleugnen verteufelt ähnlich kommt, steht die von Rudolf Hess praktizierte ziemlich einmalig in der Welt. Als es auf den großen Prozeß zuging, schien er von Amnesie befallen – einer zu achtzig Prozent geschwindelten, zu zwanzig Prozent echten, in jedem Fall aber schlauen Amnesie, die den damit konfrontierten Göring vollkommen verrückt machte.

Man hatte Göring zu ihm gebracht, um ihm auf den Zahn zu fühlen, und Göring stellte allerlei Fragen zum Putsch in München, zur Messerschmitt, mit der Hess nach England geflogen war. Hess wollte sich nicht mal an den Titel Feldmarschall erinnern und schon gar nicht an die Nachfolgerreihe, die Göring ihm präsentierte: erst er selbst, danach Hess. Göring wußte einfach nicht weiter und fragte aus lauter Verzweiflung, ob Hess sich wenigstens erinnere, daß er einen Sohn habe, Wolf-Rüdiger. Die Antwort darf als genial bezeichnet werden: *Wenn Sie es sagen, wird es ja vielleicht so sein.*

Wann immer Hess bei uns ist, spricht sein grämliches Stimmchen in verrostete Wehrmachtskopfhörer, und er läßt seinen Zeigefinger in die Höhe steigen. Auch liegt die Sanatoriumdecke, die er im Prozeß nicht entbehren konnte, auf seinen bis in alle Ewigkeit erkalteten Knien. Wovon dieses erschöpfte Stimmchen spricht? Von einer sehr wesentlichen Beobachtung, die es, seit es in England war, immer aufs neue hat machen müssen: Es wird nämlich von Leuten mit merkwürdig strahlenden blauen Augen untersucht und verhört, wasserhellen, wie es präzisiert. Worauf eine lange Liste mit Namen und Funktion solcher Augenträger folgt.

Wie ich bloß auf Hess gekommen bin? Er gehört ja nicht gerade zum Arsenal meiner Lieblingstoten. Bei meiner Reise ins Reich der Schatten verspürte ich nicht die geringste Lust, ihn zu treffen. Zumal von Hess nichts zu erfahren ist, was man nicht eh wüßte. Alle von ihm ausgegebenen Redensarten sind bekannt. Gregor von Rezzori hat seinen Auftritt im Prozeß treffend beschrieben, dem ist nichts hinzuzufügen.

Man hat den Ort, an dem sich die Toten befinden, die *unbegreiflichen Wälder* genannt, und damit Jagdliches verknüpft, in der Annahme, sie würden dort Jagd auf Tiere machen oder sich untereinander jagen. Indianermärchen denken so, träumen ihre kleinen Biodramen in die Ewigkeit fort und könnten genauso gut von schlafenden Hunden ersonnen sein. Der Pfeil fliegt in Wahrheit anders. Die Toten sind das Wild, auf das die Lebenden ausgehen. Sie werden von ihnen gestellt und müssen sich zeigen, kommen an die Zugluft und vibrieren darin. Bei den verhaßten Prominenten gehorcht die Jagd einer speziellen Regel, wie das Beispiel Hess lehrt. Noch zu seinen Lebzeiten ist der Tote in ein Bild gespießt worden. Ihm ist im Diesseits gleichsam der Blattschuß fürs Jenseits verpaßt worden. Dieser einzigartige Moment erlangt später währende Geltung. Er enthält die Summe des Lebens, wird also mit Grund immer wieder aufgerufen. Hess, erwischt und fixiert von Rezzori, muß weitermachen mit Wehrmachtsmikrophonen, der Wolldecke, Saurierkopf und Periskopaugen, dem kleinen weißen Wurm von Zeigefinger, den Äuglein am Finger.

Hess gehört zu den ausgeschöpften Toten. Die Geschichte von den massenhaft in seinen Körper sich einbohrenden blauen Blicken ist allerdings hübsch, eine spät erblühte hysterische Orchidee auf dem Felde seiner Hörigkeit. Wo immer du bist, Hess, wer immer dich auf deine Bahn gesetzt hat, er jage dich mit blauem Eifer.

Wie spät? 13 Uhr 54. Der Aschenbecher könnte mal wieder geleert werden. Auf Jean-François war diesbezüglich Verlaß. Er leerte die Aschenbecher, wischte sie sogar aus, und kam mir mit Feuer entgegen, sobald ich eine Zigarette aus der Schachtel zog. Sein Schatten ist selbst für unsere Verhältnisse extrem leicht. Zu einem Schleier ausgezogen, wandert Jean-François schräg über den Tisch und löst sich im Vorüberziehen auf.

Er hatte keinen Vater, zumindest keinen, der sich zu ihm bekannte. Biologisch betrachtet, hatte er einen berühmten französischen Sänger zum Vater, dessen Mutter – also Jean-François' Großmutter – ihn zwar als Enkel gelten ließ, ihr Sohn, der jegliche Verbindung zur eigenen Mutter abgebrochen hatte, verleugnete ihn jedoch, was die Lage erheblich komplizierte. Jean-François sah seinem Vater grundähnlich, die Natur hätte zur Schande des pflichtvergessenen Vaters kein deutlicheres Zeichen in die Welt pflanzen können. Joey sprach nie von dieser Vaterschaft und setzte dem Mann in keiner Weise zu, unterließ es auch, ihn bei seiner Mutter in Paris anzuschwärzen, mit der sie Jean-François' wegen in lockerer Verbindung stand.

Auf der Insel hätte ich bleiben sollen, bei ihm. Ich war Lehrer, das Schicksal hatte mir einen einzigartigen Schüler geschenkt, ja, mir fast einen Sohn zudiktiert. Wir beide also. Er, der Kleine, der mir zögernd entgegenkam, ich, der Große, der ihn mit zarter Gewißheit hätte nähren müssen. Die Sympathien wuchsen Tag um Tag. Wenn es in meinem Leben einen Moment gab, auf den Jesus mich sorgfältig vorbereitet hatte, so war es dieser. Ich brauchte bloß zu gehorchen. Wäre Jean-François in meiner Obhut geblieben, wäre er noch am Leben und ich den Toten entronnen. Heute bin ich von allen guten Geistern verlassen und male mir aus, wie es wäre, wenn er noch lebte und mich besuchen käme. Vor lauter Wohlbehagen und Freundschaft wüßten wir nicht wohin und senkten verlegen die Köpfe. Kommt uns reichlich übertrieben vor, wie Zimmermann von dem einen verpaßten Moment zehrt und dabei in Jesusprüfungen und lyrischen Vatergefühlen schwelgt. Geht aufs Konto des inzwischen sechsten Wodkas.

Wie immer, wenn ich an Jean-François denke, verdüstert sich mir der Raum. Eisiges Schweigen scheint durch die Wände zu sickern, selbst im Café Rösler mit seinem Geschirrgeklapper, wo viele Menschen atmen und sprechen. Aus den Wänden defilieren die Geschworenen, ernst und unergründlich. Eine bleiche, hoch aufgesprossene Lilie in eines jeden Hand. Jesus ist nicht dabei, doch wer, wenn nicht er, hat diese ernste Herde in meine Nähe getrieben. *Wofür warst du bestimmt? Was ist aus dir geworden?*

Aus anscheinend friedlicher Raumnahme ist eine feindliche geworden. Ich soll Rede und Antwort stehen, hebe aber bloß den Finger: Man muß mir zugute halten, daß ich noch keinen umgebracht habe.

Dann knicke ich ein. Schwere, schwere Gewissensbisse.

Leichte, geradezu flockenleichte Gewissensbisse. Keine Sorge, hier knickt niemand ein. Zimmermann hat sich diese Szene, die jeder Wahrscheinlichkeit entbehrt, schon oft ausgemalt. Um des poetischen Fluidums willen. Er zählt zu jenen Gewissensathleten, die sich ihre süßen Wunden selbst beibringen und sie mindestens dreimal am Tag herzeigen. Die falschen, wohlgemerkt. Welch emphatische Anbetung der einen verpaßten Chance! Als ob es nur diese gegeben hätte und danach keine einzige mehr gekommen wäre. Einen gewissen Anteil am Untergang von Joeys Sohn hat er, das ist nicht zu leugnen. Bei späteren Schutzbefohlenen hat er jedoch nichts unternommen, was dieses Versagen hätte aufwiegen können.

Es reicht! Warum muß man mich in meiner Reue stören? Sie drängeln wieder, Stoßzeit bei der Horde. Sie suchen einen, der lebt, einen Schuldsauger, bei dem sie alles abladen können. Wie neidisch sie sind! Wie bestrebt, mir jede Regung meines Herzens zu vergällen. Weg, weg, weg. Hundert Euro dem, der mir das Kroppzeug aus dem Raum schafft! Das bringt nichts.

Hallo! Noch einen bitte!

Hallo!

Gottlob ist seine Saaltochter im Moment nicht bei der Sache.

He! Wir streben immer in die Richtung, aus der man uns ruft. Nicht unsere Schuld, wenn das Echo dem Rufer mißfällt.

Leute, die arbeiten wollen, gibt's doch zuhauf. Wer bloß diese Krücke eingestellt hat!

Vexatio dat intellectum, das Leiden, das man jemandem zufügt, öffnet ihm den Geist. Wir handeln frei nach der Devise, die der Inquisitor Bernhard Gui in seiner Glanzzeit formuliert hat, wenn auch mittels anderer Werkzeuge. Daumenschrauben und Zangen sind inzwischen verrostet. Selbst ein so eminenter Kopf wie Gui hat einsehen müssen, daß dies die falschen Mittel waren. Wir führen ungleich präzisere Werkzeuge der Wahrheitsermittlung ins Feld: feilende, sägende, surrende, stechende Stimmen.

Mist, jetzt habe ich den letzten Rest Kaffee auf die Hose geschüttet. Tote sind nichts, null und nichts. Der Herr in seinem großen Grimm hat sie verschlungen, verdaut und wieder ausgeschieden, das war's. Zahlen bitte! Was für ein Fehler, stundenlang in einem Café zu hocken und sich von durchsichtigen Scheißgebilden belästigen zu lassen.

Ich treibe von Fehler zu Fehler. Was für ein Fehler, daß ich einwilligte, Joey auf ihrer Zickzacktour durch Westeuropa zu begleiten.

Willst du nicht mitkommen. Das Kommando war ergangen, ich kam mit. Sie rechnete erst gar nicht mit einer Weigerung. Warum auch? Auf der Insel war ich als Begleiter zur Stelle gewesen, wann immer nach mir verlangt wurde. Ich bildete mir inzwischen so manches ein. Daß Joey meine Art von Humor allmählich schätzen lernte, daß meine durchtriebenen Schlauheiten wie homöopathische Medizin auf ihren manichäischen Geist einwirkten. Ein so durch und durch humorloser Mensch wie Joey brauchte dringend einen wie mich, einen Humorschatzmeister im Hintergrund. Mein stilles Vergnügen an solchen Ideen wuchs und wuchs. Endlich war ich selbst Meister geworden, einer von der subtilen Sorte, dessen pädagogisches Talent auf einen verkorksten Menschen einwirkte.

Auf der Tournee war damit Schluß. Joey auf Tournee, das war nur äußerlich dieselbe Person, innerlich war da Gereiztheit, ein Aufruhr, der nur mit harten Drogen beruhigt werden konnte, vorübergehend, für drei, maximal vier Stunden. Es lief alles schief, höllisch schief sogar. Obwohl Joey das Fiasko nach außen hin vollkommen zu ignorieren schien, gärte es in ihr und brachte alles Böse an den Tag. Joey hatte mich im Handumdrehen zu ihrem Giftentsorger gemacht, und ich war zu schwach, anfänglich auch zu überrascht davon, um etwas dagegen zu unternehmen.

Micky, Ritchie, Wolfie waren die kleineren Übel. Mit der Dreierbande kam ich zurecht, war bald heilfroh, daß ich mit Joey nicht allein unterwegs war. Die drei Männer waren in meinem Alter und hatten noch nicht gemerkt, daß sie die Ziellinie überschritten hatten, bis zu der man mit längerem Haar und Lederklamotten als ewige Fünfundzwanziger durchgehen kann. Bei Micky und Wolfie wurden die Haare spärlich. Ritchie, der noch immer eine prächtige Mähne hatte, war zu fett für das Lederzeug, in das er sich zwängte. Wolfie hatte einen perpendikelmäßigen Tick. Während der Fahrt ließ er unablässig ein Armband mit Steinchen von seinem Zeigefinger baumeln. Micky war eine eher ruhige Natur, er schlief meistens im Bus, dafür war auf ihn Verlaß, wenn die Gerätschaften in den Saal gehievt werden mußten, das Verkabeln und Verstöpseln begann.

Fräulein?! Aus einem Café wieder rauszukommen, in dem die Kellnerinnen an einem vorbeirennen, als wäre man Luft, ist auch eine Kunst, die beherrscht sein will.

Immer mit der Ruhe.

Eule, wie werde ich wieder ruhig. Wie fasse ich mir ein Herz und finde, was mir gebührt.

Wer durch die Nacht von Anfang bis Ende konzentriert hindurch sieht, wird ruhig. In der Nacht muß man die Flügel spreizen. Eine wortlos erinnerte Nacht treibt dem Jäger die Beute von selbst zu. Ruhig und ergeben legt sie sich ihm in den Schoß. Verbringt man die Nacht mit Geschwätz, läßt sich keine Beute machen, weder greifbare noch ungreifbare. Als Kenner der Nacht müßtest Du Bescheid wissen, ruft meine Eule mir ins Gedächtnis, wozu bist Du durch so viele Nächte gefahren, in Gesellschaft von lauter Schnarchsäcken und dabei so glanzvoll allein? *So brilliantly alone?*

16	3	2	13
5	10	11	8
9	6	7	12
4	15	14	1

Heute Nacht war ich ruhig. Im Traum erstreckte sich vor mir ein terpentinfarbenes Totenmeer. Anselm Kiefers Kleidchen, diese einfachst, kindlichst genähten Kleidchen, schwammen obenauf. Der Mond bestäubte sie ein wenig mit mehlweißer Farbe. Haben nun ach! all unsere Kleidchen angelegt, sangen Mädchen, weinen nun ach! ein ganzes weites deutsches Meer voll. Verfehlt, verleidet, verbleit, verplombt, gestrandet, gescheitert. Ich betete einen Rosenkranz trauriger Adjektive her, die mit den Kleidchen dahinschwammen.

Wisset: man spricht, die Seele habe zwei Augen. Das rechte kehrt sich in die Ewigkeit und in die Gottheit und stehet da unbeweglich. Mit dem linken Auge aber sieht sie in die Kreatur und unterscheidet, was da besser und unbesser, edler oder unedler wäre und stehet mitten in Trübsal, Leiden, Jammer und Mühsal. Düster wurde es um mich und wüst, meine kleine Neroseele empfing ihre Bilder beidäugig aus der Hölle.

Nibelungen Nibelungen, jedesmal, wenn ich das Lied hören mußte, wurde ich böse und bitter. Weder Kriemhild noch Brünhild, nicht der schwache törichte König, nicht der grimme Einbläser Hagen wurden da heraufbeschworen, nicht der Kopf des Kindes, der durch den Saal flog, nicht einmal das große Schlachten in Etzels Palast, auch nicht, wie die Flammen aus dem Saal schlugen und sein Gebälk niederkrachte. Keine Totenklage wurde erhoben, auf niemand einzelnen gezeigt. *Nibelungen Nibelungen* erklang über einer Wüstenei. Ihre Trümmer lagen erkaltet und zerklüftet. Gemurmel zwängte sich zwischen Mühlsteinen durch, die alles klein und kleiner mahlten. Joey gab sich nicht damit ab, die Helden im Sinne einer rückspringenden Beseelung ins Lied zu holen. Argwohn, Neid, Gier, Ruhmsucht, das ganze Schlangenbündel der Triebe, das die Nibelungen mißleitet hatte, kam darin nicht vor.

Eine groß dasitzende Frau vor einem zu kleinen Harmonium, allein der Anblick war zum Davonlaufen. Lauter peinigende Eigenschaften drangen aus dem Instrument und aus der Frau. Dürrer Hunger, ein gläsern wetzendes Hin und Her, viel eingepreßte Angst und aus unterirdischen Pumpen wieder ausgepreßte, ein zittriges Unvermögen, den Ton zu halten. Die Klänge kamen aus der Tiefe und reicherten sich an der Luft mit Kristallen an, mit gespitzten, gezähnten, gedrillten Winzwerkzeugen, die sich unerbittlich in die Ohrgänge sägten, frästen, bohrten. Harmonium! Das wollte dem Streit entfliehen, die Seelen in eine harmonische Schwebe führen?

Das war ein elektrisch betriebenes Dämonium für

Kleinbürger, die sich mit Scherben die Krusten von ihren Wunden schaben. Es fehlten bloß Blockflöte und Triangel. Das haben wir schon mal anders gehört. Letzten Mittwoch, in einem Gespräch mit seinem Zechfreund Stark, als ihn die Triangel förmlich vom Hocker riß, da er sie als Trinitätssymbol in den Himmel hinauf lobte. Wie ihm diese Triangel an der imaginären Lederschnur vom Finger hing und ihr Gleichgewicht an der Luft fand, wie eifrig er in ihr herum- und von außen auf sie einklingelte mit einem erdachtem Stäbchen, und wie er dieses Stäbchen flugs zu seinem persönlichen Gerechtigkeitsstäbchen verklärte! Bis der Jenseitsberater seinen fuchtelnden Finger aus der Luft nahm und ihn sanft auf den Tisch niederlegte.

Das Schwert *Nothung* hatte einst für das Anwachsen der Masse der Toten gesorgt, mit *Nothung* auf der Zunge machte Joey sich bereit für das Ausbrechen der reinen Wahrheit. Wer zur Erschließung eines Geschichtsgeheimnisses als Medium berufen war, durfte sich nicht dagegen wehren. So oder so ähnlich dachte Joey.

Sie befahl Schweigen, in das hinein manchenorts der Bierhahn von der Theke vielversprechend zischte. Die Toten standen im Ring und warteten, der Führer wartete, wir waren gehalten, einzutauchen in das Seelenmeer der Gewesenen. Der Führer war krank, war einst vom Gehirnfieber ergriffen worden, das ihn und viele Millionen Menschen ins Verderben gestürzt hatte. Nun wartete er darauf, von einer

Führerin geheilt zu werden. Und alle seine Opfer warteten mit. Alles Fieber wollte sie aussingen bis zur vollendeten Heilung, erst dann konnten die zuversichtlichen Todesgesänge beginnen. O Nacht, o Stuß, o Würfel mit lauter falschen Augen. Ihr Seufzen, Murmeln, Flüstern versuchten, das Publikum in eine böse Intimität zu locken. Aber die wirklichen Qualen waren aus der Stimme längst heraus. Das Schlimmste war geschehen, der tonlose Singsang impfte gegen künftiges Unglück, wenn er überhaupt bis zum Publikum durchdrang.

Beim Betrachten meiner Germania im schwarzen Umhang, in den Kellern der Spelunken von Wuppertal, Bielefeld, Amsterdam, Berlin, Nancy, Aix-en-Provence, Paris, Wien, Ulm, Augsburg, Barcelona, wo am Harmonium eine perverse altneudeutsche Hausmusik aufgeführt wurde, *Nibelungen Nibelungen* von der Bühne geraunt wurde, als solle eine lautlose Flammensaat auch diesen Saal vernichten, wo alle Strophen des Deutschlandliedes gesungen wurden, zu ja – was? Bestürzung des Publikums? – nein – Aufruf zum Zwecke der Wiederherstellung des tausendjährigen Reichs? – auch nicht – aus simplen Provokationsgründen? – nein – aus unbekanntem Zwang heraus? – vielleicht –, durchlitt ich solche Pein, daß ich mir eine geschwärzte Brille zulegte und fortan unbeweglich saß wie ein Mafiakiller. Mit einem scharfen Getränk im Hintergrund zur Befestigung der Harmoniumresistenz. Ich floh zu den Amerikanern.

Leave your stones behind, something calls for you. Forget the dead you've left, they will not follow you.

Dylan rief mir seine Formeln ins Hirn. Bei ihm leuchtete mir alles ein. Mit seiner Leihstimme, die ich mühelos inkarnierte, als hätte ich immer schon so gesprochen, gesungen, geraunzt, mich geräuspert, Leuten Befehle erteilt, meinen Nachbarn kondoliert, an allen Ecken und Enden herumprophezeit, entwickelte ich die Kunst, gegen anschwärmende Feindtöne musikalische Gedächtniszeilen ins Feld zu führen. Meine lautlose, bewegungslose, aber hochwirksame Bob-Dylan-Abwehrtechnik funktionierte bald wie geschmiert.

I was shadow-boxing earlier in the day. I figured I was ready for Cassius Clay. I said: Fee, fie, fo, fom, Cassius Clay, here I come!

Nicht, daß ich mit Cassius Clay ein Hühnchen zu rupfen gehabt hätte. Ich hatte geistig alles auszurupfen, was mich umgab, je umgeben hatte und von rachsüchtigen Generationen in mich versenkt worden war, besonders deren giftige Art zu lieben (Mama, Papa, verzeiht, ihr seid's nicht gewesen).

Go melt back into the night, babe. Everything inside is made of stone. There's nothing in here moving. An' anyway I'm not alone.

Das saß. Es füllte meinen leeren deutschen Heilbau mit anderem Grüßgott. Joey, Joeys Musik und die übrigen Figuren, all diese Peinleichen auf der Bühne schrumpften und schmolzen vor meinen nächtigen Brillengläsern; Willen und Gemüt zogen aus den meisten irdischen Dingen aus und konzentrierten sich auf den Whiskey. Ich liebe die klappernde Kühle der Eiswürfel an den Zähnen, seine brenzlige Wärme im Magen. Ich werde davon nicht froh, aber gewinne die Kraft, bolzengrad zu sitzen, wenn Unglück meinen Stuhl umschwappt.

Fräulein?! Sein rechter Zeigefinger schreibt eine energische Rechnung vor die gehobene linke Hand. Sie nickt, ein Tablett voller Schmutzgeschirr unter dem Busen, aber ob sie wirklich kapiert hat, muß sich erst zeigen.

Zimmermann streicht sein Haar zurück, mit einem Mal voller Tatendrang, wie ein übereifriger Manager. Wir sollen uns wegscheren, will er uns damit bedeuten. Joey und Jim haben ihm den Gefallen bereits getan und sich in den vorderen Saal verzogen. Andy umweht zwei junge Männer, die gerade am Nebentisch Platz genommen haben. Edie versieht als einzige den Begleitdienst an Zimmermanns Tisch.

Von Wuppertal und Barcelona abgesehen, stellte sich das Publikum nur spärlich ein. Die Säle waren finster und dünsteten Einsamkeit aus. Innen der abgehangene Rauch, draußen in den warmen Sommernächten regte sich das Leben. Ein Teil des Publikums verharrte undurchsichtig, applaudierte nicht und störte nicht. Diese Leute verhielten sich wie ein Trupp Ethnologen, der aus der Distanz ein unbegreifliches Phänomen studiert. Im vorderen Teil sammelte sich regelmäßig die Kernfamilie echter Fans, die ein naiver Gemütsverkehr aneinander und an Joey band.

Keine Böse-Buben-Magie im Raum, nicht einmal die Drohung, das wird aber schlimm enden, wenn Ritchie die Gitarre schwenkte und den Mikrophonständer mit dem Fuß stieß, um etwas Leben in die Bude zu bringen. Es wirkte wie eine arme Tat. Verzweifeltes Holterdipolter eines Vegetariers, der es den Fleischfressern zeigen will. Der große Vernichtungsplan auf der Bühne schrumpfte und schrumpfte, weil es so wenig Publikum zu vernichten gab. Zu wenig Böse-Mädchen-Magie. Die Stimme der Hohepriesterin irrte ziellos umher, die starre Miene kündete von ihrer Unerbittlichkeit, das Programm um keine Sekunde zu verkürzen.

Kicherte jemand, raschelte oder wagte gar einen Einwurf, wurde er von der Bühne aus zurechtgewiesen. Immer mit dem Tod, der auf den Unruhestifter wartete, eine Krankheit oder ein Unglück im Schnappsack.

And I hung my head in shame.

Ich hatte bald einen sitzen, und die Lust nach anderer Umgebung regte sich gewaltig. Zeigt euch, Freunde, ihr seid jetzt mein und gehört nicht länger zu Joey. Andy Warhol und Edie Sedgwick kamen auf Zuruf, die amerikanischen Paten von Joey traten in die Sphäre eines neuen deutschen Aktivzentrums namens Ralph Zimmermann. Mit allen Figuren, die Joey in ihrer Glanzzeit umgeben hatten, wirtschaftete ich nun auf eigene Faust (und tue es noch). Es spielte keine Rolle, daß Edie damals schon zehn Jahre tot war und Andy noch nicht. Wer einen intensiven Verkehr mit Phantasmen und Phantomen unterhält, bis sie sich als serienfähiges Personal bei ihm einnisten, dem zeigt sich seine Wunschfamilie ziemlich lebhaft. Für Augenblicke wachsen Traum und Wirklichkeit zusammen.

Daß ich Edie sofort ins Bett schleppte, sobald Joey mit dem Singen anfing, leuchtet mir heute noch ein. Wurde Joey unerträglich, kam Edie. Rätselhaft bleibt, weshalb Andy den Beischlaf filmte, allerdings ohne das überbordende Gequassel zwischen Nackten, das dieser unbewegte Beweger so sehr liebte. Der Factory-Mann mit den hohlen, leeren Augen barg sein Gesicht hinter der Kamera, kicherte ab und zu, und war ansonsten dazu bestellt, unser Treiben mit wohlwollenden Kommentaren zu schmücken, die sich im wesentlichen auf die Worte *wonderful* und *just marvelous* beschränkten.

Keine Ahnung, weshalb es mir so ungemein wichtig war, von einem Amerikaner meine Potenz gelobt zu bekommen und weshalb ausgerechnet von einem Homosexuellen.

Unbewegter Beweger. Diesen Ausdruck wendet Zimmermann mit Vorliebe auf Andy an. Der Jenseitsberater kann ein Lied davon singen, wie es sich anhört, wenn sein Zechkumpan richtig in Fahrt kommt, um das Treiben in der Factory zu verklären. Gnostische Erlösungssekte im Strudel unendlicher Geldflüsse; Versuch, die Himmlischen zu zwingen, zu den Körperlöchern ein- und auszufahren; vom Luderwesen des Todes gepackte Kinder im Entkleidungszimmer der Vorhölle ist noch das mindeste, was ihm dazu einfällt. Natürlich hat Zimmermann versucht, Andy zu kopieren oder ihn wenigstens durch und durch zu interpretieren, ganz nach dem Schema: hier der Meister, hoffärtig im Wesen, demütig im Gebaren, in den Gefühlen feuchtkalt wie ein Reptil, ein Emporkömmling, der luziferische Ideen in seinen Abhängigen keimen läßt; dort ein Gefolge aus verwirrten, verwöhnten Kindern, die für den Geldzufluß sorgen und die Wünsche des Meisters prompt zur Ausführung bringen.

Jedenfalls besitzt unser Held Andys Geschick nicht, andere unaufhörlich um sich kreisen zu lassen. Im Moment ist der unbewegte Beweger ziemlich geschäftig, da er zwischen den beiden jungen Männern am Nachbartisch hin- und herwischt: Gedächtnisaufnahmen von den Sprechakten knipsend.

Aus der Entourage Joeys gelöst, waren die amerikanischen Sendboten ganz und gar zu meiner Ermunterung da. Sie geisterten mit großer Selbstverständlichkeit in mir herum, samt Strechlimousine, Siamkater, Zimmer Nr. 27 im Chelsea-Hotel, Pillensäckchen, Ohrgehängen, Straßgürteln, Federn und allerhand sonstigem Klimbim der Sixties.

Edie hält neben Zimmermann Wache. Während die Reste ihres Hirns in ausdrucksloser Dämmerung welken, bleibt ihr Schatten an der hinbeorderten Stelle.

Um mir Edie geneigt zu machen, war keinerlei Aufwand nötig. Sie wurde von meiner zeremoniellen

Gelassenheit angezogen, ohne daß sich der mindeste Widerstand geregt hätte. Blitzrasch, da war sie, mit superlangen falschen Wimpern, schmal, wie ich sie aus Filmen kannte, eine göttliche Raucherin, immer leicht zerstreut, mit vogelhaft wendigen Kopfbewegungen. Wie schnell sie sich erhob. Wie graziös sie ihre Beine um mich schlang. Nach dem Beischlaf lag ich im Bett, sie setzte sich dazu, rauchte, kramte in ihrer Tasche, schüttete einen Haufen Kosmetika auf die Decke, einen Haufen Dollarnoten dazu, rauchte, schwatzte, küßte mich, bat mich, ihr den Spiegel zu halten, damit sie die Augen umzeichnen konnte, alles von entzückenden Launen diktiert, hundert verschiedene Mädchen flatterten in ihr, von Amphetaminen in einem unendlichen amerikanischen Möglichkeitshimmel gehoben.

Sich mit einem Kind von Superreichen im Bett zu beraten, wie man sich vor unerwünschtem Gesang in Sicherheit bringt, ein Pillboxhütchen aus Leopardenfell auf dem Bauch, das hebt die Laune gewaltig. Ich sah mich mit Edie eine lange schwarze Strechlimousine besteigen, ihren Siamkater im Arm. Wir fuhren durch das glitzernde New York, besuchten Abercrombie & Fitch, kauften ein Rhinozeros aus Leder, besuchten Bars, setzten uns inmitten der silberfolienverkleideten Factory aufs Sofa, schossen mit einem Revolver auf Campbells' Tomatendosen und wunderten uns wenig, daß peng! peng! peng! aus den Leinwandlöchern rote Suppe tropfte. Eine vorteilhafte Lage will klar erfaßt sein. Ich war in der vorteilhaftesten Lage, sobald ich an Edies aufgeplusterten Vogelbrüstchen rastete. Sie steckten mitten in meinem Kopf und machten die Einsamkeit so wild, so flüssig, so großzügig.

Edie went bananas. Die Worte habe ich von Joey. Was für ein sonderbarer Ausdruck für das Verrücktwerden. Ich habe keine Ahnung, ob sich die Amerikaner dabei zerquetschte Bananen vorstellen oder Affen mit Bananen oder einen leuchtenden Phallus. Edies Verrücktwerden, ihre Plapperseligkeit entzückten mich, während mir Joeys Verrücktheit regelrecht Leibschmerzen bereitete. Die amerikanische Verrücktheit konnte ich als Phänomen genießen, das mich geistig umzwitscherte. Während ich bei Edies Verrücktheit gern ein wenig einkroch und mich darin umsah wie ein neugieriger Pennäler, kroch ich aus Joeys Verrücktheit sofort aus, wenn sie mich verschlingen kam. Joeys Verrücktheit schleppte an schweren Verzugslasten und war von dem Land erzeugt worden, in dem wir beide aufgewachsen waren, sie verursachte in mir heftige Landesschmerzen. Joey war objektiv gesehen weniger verrückt als Edie; immerhin hat sie es geschafft, wesentlich länger zu leben. Obwohl Edie zu den höflichen Schatten gehört, die ohne Widerrede ausharren, solange sie benötigt werden, zieht sie sich zurück, sobald man sie mit Vergleichen und Analysen fassen will.

Vielleicht zeugt es nicht von Verstandesschärfe, die beiden weiblichen Alarmfälle so nebeneinander zu stellen, wie ich es hier tue. Joey konnte ich neun

Monate lang studieren, die lebendige Edie habe ich nie zu Gesicht bekommen. Inzwischen weiß ich genügend über Edie, um mir den Albtraum ihres Untergangs auch in den unappetitlichen Details vorstellen zu können. Allein der Vergleich zwischen den Vätern der beiden Untergeherinnen ist vielsagend. (Schweigen wir von den Müttern. Ihre Verbrechen sind bekanntlich wesentlich schwerer zu enträtseln.) Edie ist im Hintergrund zergangen und von der roten Tapete mit den Akanthusblättern nicht mehr zu unterscheiden.

Edies Vater trieb seine acht Kinder rabiat ins Unglück, drei davon in den Selbstmord. Ein Körperprotz, der sich im Bikinihöschen, die Muskeln eingeölt, in Kreuzigungspose auf die Hügel seiner Riesenranch stellte, der seinen Söhnen die Freundinnen stahl und an den Töchtern herumfingerte.

Joeys Vater starb als Soldat an der Ostfront, sie hat ihn nie kennengelernt. Sobald das Thema auf den letzten Krieg kam, besonders wenn ein Fremder dabei war, ein Spanier, Franzose, Niederländer etwa, ließ Joeys grabestiefe Stimme den Zuhörer wissen, ihr Vater sei in einem Konzentrationslager umgekommen. Danach senkte sich adventistische Stummheit auf die Szene, während Rußflocken auf den Tisch niederrieselten. Die Tyrannis des einen Vaters leuchtete an der kalifornischen Sonne grell, groß, widerlich, die des anderen war dunkel wie das Weltall, verblieb in einem argen Ungewiß und erzeugte gespenstische Verdrehungen. Woher ich das weiß?

Von der Tante, die ich bei Joeys Beerdigung in Berlin kennengelernt habe. *Die Wahrheit ist nie erfreulich, weil sie Qualen mit frischer Qual löst,* schmuggelte ich gegen den Willen der Tante auf die Todesanzeige, was mir heute unverzeihlich aggressiv vorkommt.

Fräulein! Sie hat es immer noch nicht kapiert. Dann eben noch einen Wodka und die Rechnung bitte!

16	3	2	13
5	10	11	8
9	6	7	12
4	15	14	1

Alle werden Gott, genauer gesagt alles, was tot ist: Lilien, Mikroben, Tiger, Mäuse, Pantoffeltierchen, Krawattenträger, staubige Kinder, Männer in Muskelhemden, Frauen mit komplizierten Haarknoten in Schneckenform, tot, tot, tot, und stets zu Gott geworden. Gott wächst sekündlich. Einzigartiges Wesen, das sich während der Schöpfung zurückzog, in die Anonymität sank und damit allem, was lebte und starb, erlaubte, allmählich zu Ihm zu werden und an einem erneuten Gotteswachstum teilzuhaben. Dazwischen machte Er sich nochmal bemerkbar und schickte Seinen Sohn – zu Korrekturzwecken, als Mittler und Mahner auf die Schädelstätte, als Richter und Erlöser in den Himmel.

Leider ist das theologisch nicht korrekt, und von meinen Toten war keine rechte Unterweisung zu bekommen. Wenn sie das Gelächter hinter der Schleuse hörten, wurden sie still und stellten sich dumm. Ob da kraft höherer Gewalt gelacht wurde, ob von Jesus oder einem, der sich nur für Jesus ausgab, sie wollten es nicht wissen. Für die meisten hörte sich das Lachen bedrohlich an. Aber niemand wollte den Inhalt der Drohung kennen. Mein amerikanischer Vetter, mutiger als alle anderen, nahm es als reinigendes Gelächter. Wenn sich jemand in die Schleuse begab, würden alle Urteile, Schriftsätze, Vermerke über ihn gelöscht, behauptete Jack. Ein sicheres Wissen darüber besaß er nicht. Anscheinend hatte es noch nie ein Toter gewagt, in die Schleuse zu springen. Wobei es unmöglich war, da so einfach hineinzuspringen. Wenn man lange genug in die Schwärze blickte, bemerkte man mittendrin eine Schraube. Sie wurde groß und größer, sobald man sie in den Blick bekam, fast wollte sie einem zu groß erscheinen für Menschenarme. Um die Schleuse zu öffnen, mußte die Schraube erst herausgedreht werden.

Endlich. Die Rechnung kommt. Überschläglich wären das – na, egal, sie soll mir den Hunderter wechseln.

Woran wächst Gott, welche Eigenschaften werden ihm von all dem Toten zugetragen? Drei Eigenschaften bestimmt: Einsamkeit, umfassende Wirksamkeit, verstörende Unwirksamkeit. Von den Menschen außerdem das Kopfweh, von den Insekten der Fleiß.

Danke, auf vierundsechzig bitte.

Jungejunge, es ist vollbracht. Der letzte Schluck intus. Jetzt aber marschmarsch raus aus diesem Totenpensionat.

Heilandzack, ist das kalt! Und warum ist es um – Moment mal – 14 Uhr 16 derart dunkel? *Tauet, Himmel, den Gerechten!* Na, tauen wird's wohl in baldiger Bälde, da kommt bestimmt gleich was runter. Vorwärts heißt die Devise, immer den geraden Weg, immer hinein ins Herz der ungewissen Stunde. *Die Wölfe werden bei den Lämmern liegen und die Pardel bei den Böcken wohnen*, wüßte im Moment allerdings nicht, bei wem liegen. Vielleicht sollte ich mit dem Bauch meiner Eule vorlieb nehmen und sie zu meiner einzig wahren Geliebten erklären. Im Moment geht es aber darum, wie diesem Provokationswetter begegnen. Am besten, indem ich mit gestraffter Brust, griechischapollinisch zimmermännisch gegen den Wind antrete.

Wind, du kannst mich mal, die Tatsache, daß es derzeit mehr Lebende als Tote gibt, sei dir getrommelt und gepfiffen. Die Massenvermehrung des Menschen hat überhaupt nur eingesetzt, weil wir die Herrschsucht der Toten gründlich satt hatten. Jetzt müßt ihr da oben zusehen, wie ihr uns alle umbringt. *Wir bringen unsere Jahre zu wie ein Geschwätz und machens hin rips raps.* Gutes altes Lutherwort rips raps, he he rips raps, das gibt ein Massaker. ↗ Joey? ✻ Mit Joey, das ging schnell, eine winzige Wenigkeit zurück, routiniert den Rückwärtsgang rein und bißchen zurückgestoßen, ein Rumpler, ein Knacks, das war's schon. Absicht? Nein, Absicht war das nicht. Wie hatte sie sich bloß so aufführen können, mit diesem ewigen Türaufreißen während der Fahrt und Ausdemwagengehopse, raus, rein, raus, rein, und ich Erzdackel bin jedesmal zurückgefahren, habe erzdackelbrav angehalten, um sie wieder einzusammeln, bin dieses von weißwem zusammengefickte Bündel einsammeln gegangen, habe sie aufgehoben und in den Bus getragen. Eifersüchtig, ich? I bewahre, auf wen denn, einem unendlichen Orgasmus geweiht, trieb sie ja nur noch Germanenbeischlaf. Alle zwei Stunden der Rappel. *Harre hie, harre da, hie ein wenig, da ein wenig.* Aussteigen wollen und uns nie, nie, nie mehr sehen, mich nicht, Micky nicht, Wolfie nicht, Ritchie nicht, und von denen hatte ihr gottweiß keiner was getan. Gott ist mein Zeuge und alle Toten gleich mit, kommt auf dasselbe heraus, wer da in wem steckt, jedenfalls rufe ich das versammelte göttliche Totengesamt oder das komplette tote Gottesgesamt zum Zeugen: Ich habe sie nicht provoziert, bloß im Rückwärtsgang angefahren, weil ich nicht wissen konnte, daß sie so dämlich war, direkt hinter dem Wagen herzulaufen. Ich dachte, sie hocke wie immer auf einem Stein. Ich fuhr ganz langsam; die französische Polizei hat alles rekonstruiert und mir geglaubt. Sie haben Ricky, Wolfie, Micky und mir geglaubt, weil ein Mensch mit seinen Tassen im Schrank jederzeit hätte ausweichen können, nur einen Schritt zur Seite, jeder Trottel hätte das können. Aber nein, sie hielt sich im toten Winkel und ließ sich überfahren. ❄ Wohin eigentlich. ❄ Ja, wohin jetzt. Sie hatte dieses nervöse Kratzen, kratzte sich unentwegt an der Innenseite der Schenkel, ballte die Fäuste und kratzte sich an den Oberarmen. Ich sah zu und kam mir bald vor wie kein Mensch mehr. ❄ Wohin. ❄ Für den Fröhlich ist's noch zu früh. Besser, einen Umweg nehmen Richtung Schloß und dann zurück in die Altstadt.

Meine Fingerspitzen werden kalt, vielleicht weil Joey sie von der anderen Seite her berührt, und nun, da ich draußen bin, hat sich der Himmel eigens für mich verdunkelt. Vorbei das gefährliche aprilhafte

Lichtfieber. Ja, es wird dunkler und dunkler. Mein heimisches Strafdunkel ist über mich gekommen, gegrüßet seist du Wetter aller Wetter mit deinen Drohungen im Sack, den Weckrufen und wimmelnden Lutherwörtern.

Evangelium heißt gute Mähre, gut Geschrei, gute Neuezeitung, in alle Welt erschollen.

Und siehe da, helle Abgesandte erscheinen inmitten des Dunkels, voll des Heiligen Geistes, erste Flocken wollen mir auf Kopf und Schultern schneien, alles Begrüßungen, zarte, willkommene von dort, obwohl es diese faulen Aprilflocken sind, nicht die harten, rieseligen Januarflocken. ❄ Erwin und Agnes im Gestöber, ineinander geweht und längst nicht mehr in den Grenzen ihrer Haut: Früher hatten sie gedacht, Schneeflocken, das seien Tränen, welche die Toten im Himmel weinten, jetzt wissen sie es besser. ❄ Nun, ich weiß inzwischen, die Toten können gar nicht weinen, wozu auch, sie sind ja nie in Stimmung dafür, und dennoch steht der Schnee mit ihnen in Verbindung. Seine kalte sanfte Berührung bringt uns mit den Himmlischen in Verbindung, in Gegenden, wo Hölderlins Götter um die Gipfel sind und Schneebeete züchten und Schnee aussäen. ❄ Schon fliehen die Leute vor dem Dunkel, unbegreiflicherweise fliehen sie auch vor Schnee, unbegreiflich, wie rasch sich die Königstraße leert. Leer alles, zum zart und müde werden leer.

Die Nachtfahrten durch verschneite Gegenden waren mir die liebsten, Nachtfahrten im Zentralmassiv, wo der Schnee auf Tannenästen lag, die Tannen mit ihrer Schwere drohten, ihre behangenen Finger gegen mich ausstreckten, kurz bevor Joey wieder mal die Tür aufriß. ❄ In Abermillionen Partikeln strömt Joey durch seine Brust. Freilich, so simpel ist es nicht gewesen. Vier Wörter fehlen, das Wort *ich*, das Wort *will*, das Wort *hier*, das Wort *raus*. ❄ Noch tauen die warmen Straßen den Schnee weg, aber an einzelnen Blumenkübeln und hölzernen Abdeckungen bleibt er schon liegen und überspinnt die Oberflächen, Schnee, die befreundete Materie. Heute gelingt es mir vielleicht, zu verstehen, was mir das Totenreich hat sagen wollen. Vielleicht flüstern mir Schneeworte die Versäumnisse ins Ohr, wehen zurecht, was ich falsch oder gar nicht habe verstehen wollen, vertrauen mir in ihrer hörlosen Sprache an, was die subtilere Botschaft dahinter ist, das große Dahinter, hinter dem Schnee, hinter den Stimmen der Toten, hinter der Handschuhhand, die den Rückwärtsgang einschiebt, hinter meinem toten Germanien, diesem begrenzten klaustrophobischen Reich, in das der Zufall nur zum Spaß, eines kleinen Lachens wegen, solche Figuren wie Andy, Edie und Jim hineingeweht hat. Längst sind sie wieder weg und woanders und gehörten niemals hierher. ❄ Schon sehe ich meinen Jenseitsberater eine skeptische Miene ziehen. Mir kam das Ganze immer etwas albern vor, dieser ausgeprägte Amerikatick, höre ich Stark sagen, als wärest du selbst ohne Berechtigung in der Welt. ❄ Trudelnde Schneeschemen, wohin man blickt. Andy, Edie und Jim werfen ihre Bemerkungen wie Abfall in die erkaltende Luft. ❄ Was hat er bloß von uns gewollt? ❄ Die Amerikaner beglücken und vor allem warnen. ❄ Warnen wovor? ❄ Vor seinem albernen Germanien. ❄ Ach was, Germanien. Schnee ist die mich berechtigende Materie, weil sie die Grenzen verwischt und für ein einheitliches Gelände sorgt, den umflockten, mit bepelzten Landohren lauschenden Gottesacker, der auf die Schritte dessen wartet, der da kommt und unverdrossen voranschreitet.

Dies ist mein lieber Sohn. An welchem ich Wohlgefallen habe.

Hinweg, die Ärgernisse nimmt Jesus mit, allen Menschen zulieb, mir zulieb, weg, was sonst ich treib und trieb, den Kopf prall geblasen mit lauter Vorwärtsideen, im Schnee geh, im feuchten, inmitten der Wirrsal, von keiner anderen Stimmung geleitet als der Hohen Schneestimmung, rein und leis und froh und gehlustig wie nie. Gehlustig bis ans Ende der Welt, mit Beinen, die eine Spur ziehen über Stuttgart hinaus und nach Rußland hinein und aus Rußland wieder hinaus und nach Alaska hinauf und eine Weile lang in Begleitung Lederstrumpfs durch Kanada hinunter und wieder allein immer weiter hinunter, den Hudson hinunter bis ins Herz des Gelobten Landes, nach New York. ❄ Siehe da, ein Schneeapostel namens Zimmermann ist aus der Alten Welt gekommen in die Neue, ausgezogen aus dem Land der Reihenhäuser, eingezogen ins Land der Tausendmeilenperspektive. Seht seinen vereisten

Bart, seht seine gefrorenen Augenbrauen, berührt seine erkalteten Fingerspitzen, gekommen ist der Mann um mitten in Manhattan, im Glanz der Silberfolien, zu den Lichtblitzen einer sich drehenden Spiegelkugel auf einem alten Ledersofa stehend davon zu predigen, was alles er im Totenreich erlebt hat. *Kind is my love today, tomorrow kind.* ❄ So leise wie möglich, so schonend wie möglich murmeln Millionen toter Amerikaner im Verein: Unser Land braucht keine Predigten, es predigt am liebsten sich selbst, liebt, wenn es will, fürchtet sich vor nichts und schon gar nicht vor irgendwelchem Germanenschnee von vorvorgestern.

Was bloß diese neu gepflanzten Bäumchen sollen, diese schüchternen Kinderbäumchen haben ja noch gar nicht die Kraft, eine tüchtige Portion Schnee zu tragen, ihre Zweige sind viel zu mickrig, sie können nicht drohen, wie mir die Tannen im Zentralmassiv mit ihren Schneefingern gedroht haben, wippend, mit nach oben gebogenen Fingern. Ihr Wippen und Nicken war zutiefst komisch, als meinten die Tannenfinger es nur aus Theatergründen ernst, für ein weißwo versammeltes Publikum, als freuten sich die Bäume im Grunde über den Mann, der da an ihnen vorbeigefahren kam und sie im Scheinwerferlicht so hingerissen betrachtete.

Ihr heisset mich Meister, und saget recht daran, denn ich bins auch.

Komisch, daß mir dort keine Schneewälder begegneten, dort hätten sie eigentlich hingehört. Der einzige Wald, der mir von dort erinnerlich ist, war ein leibgeflochtener Wald. Auch wenn das reichlich gesucht klingt, kommt es der Wahrheit nahe: regelrechte Menschenbüschel haben sich da gezeigt, die im Vorbeistreifen flüsterten. Und dazwischen, von überall her, war die Kuckucksterz zu hören, dieses *Huhu* des Kuckucks, das sich die Leute zurufen, wenn sie sich im Wald verlieren. Und ausgerechnet in diesem seltsamen Wald riefen Ernst Kantorowicz, Stefan George und Friedrich Gundolf *huhu*, immerzu *huhu*, eher zaghaft als laut, sogar besonders zaghaft, als hätten sie sich verloren und könnten an frühere Beratungen nur anknüpfen mit einem Höchstmaß an Taktgefühl – *huhu* hier bin ich, aber stören will ich *huhu* auf keinen Fall.

Über ein Kleines werdet ihr mich nicht sehen, und über ein Kleines werdet ihr mich wieder sehen.

Sehr vorsichtig mußten sie sein, weil das Totenreich nicht der Ort ist, an dem sich Schönheit, Güte und Treue wie von selbst vereinigen. Zu viel von ehedem war in das Reich mit eingeschleust worden. Das feine Lächeln des Meisters zum Beispiel, das nun über dem abgefallenen Schüler hängen blieb, dem es bestimmt gewesen war, vor dem Meister und auch noch zu des Meisters Geburtstag, jenem 12. Juli, der auch Cäsars Geburtstag gewesen war, sterben zu müssen? zu dürfen? Lächeln von ehedem, unter dem sich der Kopf des schönen Gundolf wie von selbst senkte, da er sich noch immer zermürbt fühlte von den Stichen, die George in sein Herz gebohrt hatte, Herz, in dem noch frisch die eigenen Worte lebten: *Meister, ich fühle des Versuchers Trug, ich kann nicht leben, wo du verneinst und bin nicht stark genug.*

Auch einige von uns sind, wenn nicht im Schnee, bisweilen in solchen Wäldern. Die, die seine Jünger waren, suchen noch immer verzweifelt die Nähe des Meisters, auch unser Neuzugang Geers sucht sie, obwohl er den Meister persönlich gar nicht gekannt hat. ❄ Kommt Wind auf, so sind es schlafwarme Hauche, die treiben die Jünger aus der modrigen Kühle auf eine Lichtung, zu der sie sich schleppen über Kristalle hinweg, an deren Kanten sie etwas Traumblut verlieren, sich dennoch schleppen, um *ihren hellen Blick des Vergessens,* Finger und Münder in die verwesten Reste von Blumen und Früchten und Leibern einzuwühlen. ❄ *Huhu*, der Wind scheint zu drehen, bisher hatte ich ihn vor der Brust, jetzt weht er in meinem Rücken, und meine Schuhe treten auf etwas, das knackt, Scherbenknacken unter dem dünnen Schneefilm. *Huhu*, wie schön Gundolf war, kaum ein anderer so schön auf dem Sterbebett, in die Hände ein jungfräulich katholisches Liliengebinde gelegt. Aber was hatte es Gundolf genützt, denn nun war der in Amerika frei gewordene Kantorowicz hinzugekommen, leistete sich Scherze, daß es nur so knackte, und flötete sein sardonisches *Goodwillhuhu* über den deutschjüdischrömischkatholischkaiserlichen Scherbenhaufen, über den sich nicht mehr gemeinsam hinwegschwärmen ließ.

Wo ist dein Vater? ❄ Ihr kennet weder mich noch den Vater. Wenn ihr mich kennetet, kennetet ihr auch den Vater. ❄ Diese Wort redt Jesus an dem Gotteskasten, da er lehret im Tempel.

Am Gotteskasten! Womöglich sprach Jesus seine folgenschweren Sätze in Nähe der Bundeslade, dieser hochheiligen transportablen Kiste. Die Kaaba ist auch so eine Kiste, wenn auch eine ungleich monumentalere, unübertroffen in ihrer hermetischen Schwärze. ❄ Bei den Indern waren kuriose Kästen als Transportmittel in Gebrauch, geschnitzte aus Holz und mit Vorhängen versehene. Sie wurden auf die Rücken von Elefanten geschnallt und dienten den Würdenträgern als Hochsitze. Jesus wählte eine betont demütige Inszenierung, als er auf einer Eselin in Jerusalem Einzug hielt. Seht her, so viel kommt auf so wenig dahergeritten. Perfektes Umkehrverhältnis zwischen Hoch und Niedrig. ❄ Grundsätzlich habe ich es lieber, wenn diejenigen, die hoch hinauswollen, auch hoch daherkommen. Zum Beispiel würde mich eine Prozession von schaukelnden, rüsselnden Riesen sehr beeindrucken. Was gäbe ich darum, auf dem Rücken eines Elefanten die Königstraße entlangreiten zu dürfen. Generell ist der Elefant dem Esel an Komik weit überlegen. Wieviel Komik in ihm steckt, zeigt der Elefant, wenn er niederkniet. Gewurstel aus dicken Beinen und gerunzelten Schieferschlieren, die zusammen einen unwahrscheinlichen Berg bilden, nicht zu vergessen das Grinsen. Keine Ahnung, wie hinaufklettern auf einen Berg, der grinst. Jedenfalls bin ich der Freund dieses im Innersten sehr zartbesaiteten Berges und erzähle ihm Witze über Inder, die glauben, sie könnten einen Elefanten beherrschen. Alle Elefanten lieben meine Witze, fächeln mir Willkommensgrüße zu, schauen mich aus ruhigem Auge an, auch weiße, auch Moti, der alte einsame Elefant aus dem *Musikzimmer* von Satyajit Ray. Noch immer steht er in der kahlen Ebene, von wo ihn sein melancholischer Herr nicht mehr wegführt, seitdem er im verlassenen Zimmer den verlöschenden Kronleuchter in einer Schale Tee erblickt hat. Die schwarz umhangenen Augen des Inders blicken mich an und tragen mir auf, mich um Moti zu kümmern. Es gibt unendlich viele Tiere, die ich aufheitern müßte, ich fürchte, es geht weit über meine Kraft.

Aus der Himmelsgurgel strömen die Flocken, es fleußt inzwischen nur so herab, flirrender Trubel aus allen Windrichtungen. Schon sind Gehsteige und Straßen weiß. Zentimeter um Zentimeter beginnt da ein heimliches Emporwachsen. Eine andere Stadt wächst über der aus Stein und Glas, eine weiche, mit schwimmenden Konturen, und ich wachse mit, bekomme die Augen nicht los von all dem weißen Wirbel vor dunklem Grund. Auch die Flügel der Engel ächzen womöglich schon unter der Last des Schnees und müssen immer wieder frei geschüttelt werden.

Das Totengelichter, sonst so gierig, alles mitzuerleben, in unpassenden Momenten mitzugrinsen, Worte in meine Worte zu werfen, hier begegnet es mir heiter. Im Gestöber ist für Leichtigkeit und lockere Distanznahme gesorgt.

Es wird gesät verweslich und wird auferstanden unverweslich.

Bei Schnee gehe ich in verwegenste Begeisterung über, hochprozentiger Schneebrand in meinem System. Die Selbsterschließung Gottes in *Ich bin der ich bin* ist der schönste aller Kurzmonologe, in endloser Wortfolge zieht er durchs Universum. Auch die Triangel aus Vater, Sohn, Geist hat ihre Reize. Was sie ausrahmt und was sie einrahmt, ist nicht ohne, wie ich dem Jenseitsberater neulich mit der Hartnäckigkeit eines Mannes erklärte, der nicht mehr bereit ist, die Wirklichkeit zu schonen, wobei mir Stark nicht ganz folgen konnte, weil er sich zu fest an seine Mathematik klammert. ❄ Alle wichtigen Töne klingen, als kämen sie von dort, aus jenem schwarzen Loch, zu dem man Zugang gewinnt, wenn man die Kreuzschlitzschraube herausdreht, erklärte ich Stark. Gib, oh Schwärze, hohen Mut! Gib Liebe, gib Treue, gib Wahrheit! Erhabene Worte im Herzen bin ich mit Joey im Arm ins Dunkel gelaufen, um an der Schraube zu drehen. ❄ Die Schraube saß locker auf dem Loch, war aber ziemlich groß. Um sie zu bewegen, fühlte ich mich genötigt, sie mit beiden Armen zu umgreifen, und dafür ließ ich Joey los. Kaum hatte ich die Schraube berührt, erschien sie mir klein, ein Schräubchen nur, mit zwei Fingern zu greifen. ❄

Meine Tiere hatten mich zu dem Wagnis angestiftet, die Toten waren viel zu feig dazu. Sie flatterten um die Schraube herum und wichen verstört zurück, als sich das *Ich bin der ich bin* unter dem Lachen bemerkbar machte, Lachen das immer lauter herausdrang, je mehr ich die Schraube nach links drehte. Als ich das Ohr an die Schraube legte, hörte sich das Gelächter wieder anders an. Es litt unter einem winzigen Räuspern, wurde verletzlich, ich hörte immer gieriger hin und fühlte mich geradezu leiblich mit ihm vermengt. ❄ Wenn Gott durch das *Ich bin der ich bin* definiert wird, so werde ich durch das *Michsehrwundern* definiert, ließ ich meine verängstigten Toten wissen, ließ ich Stark wissen. Immer muß ich den Dingen auf den Grund gehen. Warum keine Gerechtigkeit? Ich komme von der Gewalt dieser Frage nicht los und kenne die Antwort nicht.

Bis daß Himmel und Erde zergeht, wird nicht zergehen der kleinest Buchstab noch ein Tüttel vom Gesetze, bis daß es alles geschieht.

Mir ist, als flögen die Flocken in mich hinein und aus mir heraus. Durch das Getreibe erfahre ich eine Neueinkörperung der vielen in mich, während sich andere auf die leichteste Weise wieder von mir verabschieden. Verwandtes treibt herein, Fremdes treibt hinaus, ohne den geringsten Schaden anzurichten. Und immer voraus, weiß wie das Leben, schwarz wie der Tod, rot wie die Unsterblichkeit, fliegt ein Admiral so geschickt, daß keine Flocke ihn berührt. Es handelt sich um meinen persönlichen Flugbegleiter, der sich mir zur Beruhigung ein winziges Pan-Am-Hütchen auf den Kopf gesetzt hat. ❄ Admiral meiner Seele, der mich vom Eigenhunger erlöst. Ich kenne ihn aus Träumen, in denen er mir zeigt, wie man unter allen Verzugslasten hindurchfliegt, wie elegant sich Hindernisse umkurven lassen, wie elegant sich's über's stille Meer der Toten fliegt, und die dort versammelten Massen können einem nichts anhaben. Wie leicht es ist, der innig geliebten Mama zu winken, dem zärtlich geliebten Papa, und der Kummer hat nicht die Macht, einen ins Totenmeer hinabzuziehen. ❄ Mein Admiral zeigt mir, wie ich ausschaue, wenn ich im Traum lächle. ❄ Mein Admiral wies mich auf Versuche hin, die der französische Arzt Baurieux mit den Köpfen von Verbrechern angestellt hat. Noch dreißig Sekunden nach ihrer

Enthauptung reagierten die Köpfe auf Namenszuruf. Bei einem öffnete sich das linke Auge kontemplierend, als habe jetzt erst alles bedacht werden können, schloß sich wieder, öffnete sich nochmals und schloß sich wieder. Mein Admiral umschwebte die Köpfe mit großer Kennerschaft, deutete mir mit einem Zucken der Flügel an, worauf ich achten sollte, zum Beispiel wie sich die etwas kalbsmäßige Miene des ersten Kopfes in einen Ausdruck wandelte, der vom Klugsein nicht mehr weit entfernt lag. ❄ O, o, o, jetzt ist der Grad erreicht, in dem ich in mir selbst gar nicht mehr vorkomme. Flockenwerfen aus großer Höhe, ausverleibte Dummheit entschwebt, Flokkenwerfen die kreuz die quer, auswärtige Klugheit wird einverleibt, während eingefallene Münder auf mumifizierten Wörtern herumkauen und leere Augen rätseln, was sie zuletzt gesehen. O, o, Flockenspeien aus den Mündern der Propheten und immer wieder frisch Grüßgott, mein lieber Admiral, was ist mit den Bösen im Schnee, bleiben die Bösen böse und werden auch im Schnee nicht gut, oder wie es bei Zephanja heißt: *Aber die bösen Leute wollen sich nicht schämen lernen.* Wobei zu berücksichtigen ist, daß der Kleinprophet Zephanja in einem Land lehrte, das eine so großzügige Reinheitsschüttung von oben nicht kannte, in der sich schämen leicht fällt, weil Milliarden guter Beispiele fallen und eine Gegend neu gestalten. O, welch ein Glanz, wenn sich die Finsternis über all den Schneehügeln, Schneedächern, Schneehauben weghebt, welch jauchzendes

Gefunkel an der Oberfläche und wieviel erregte Stille darunter.

Denn des Herrn großer Tag ist nahe, er ist nahe und eilet sehr. Ein Tag des Wetters und des Ungestüms, ein Tag der Finsternis und des Dunkels.

Wieviel ungebrüllte Stille in all den verschütteten Materieteilchen unter dem Schnee, was für gewaltige Wahrheiten darin verborgen, wie viele ungelüftete Inkognitos. In den Lücken, die die ineinander verhakten Kristallärmchen frei lassen, wird mit Engelsfingern geliebt, werden schallarme Küsse getauscht. Weiches träges Flüstern in Aussparungen, die winzigen Grundrissen von Sakristeien gleichen. Ein Glaube schlürft den anderen, in ihren Eiswiegen rüsten sich die Himmlischen zur Wiederkunft, doch von oben ein Drücken, neue Schneemengen von oben drücken die Lücken zu und – Joey? ❄ Mein Admiral zeigt mir, wie Joey lacht und lebt. ❄ Er zeigt mir auch, wie sich vor dem Deux Magots eine schwarze Limousine mit getönten Scheiben nähert, ein einziger Fahrgast im Fond: der schweigsame Milliardär. Die Tür geht von innen auf, Joey steigt ein und fährt mit dem schweigsamen Milliardär davon, während ich vor Unruhe vergehe und über Nacht seine Milliarden mal dahin mal dorthin schichte, während ich bebe vor Haß auf schweigsame Liebkosungen. Zwei Nächte später kommt sie wieder herangerollt und spielt mir das Trugbild einer unversehrten Auferstehung vor, als wäre sie eben mal zu Gott geschlendert und von ihm zurückgeschlendert. Es ging über meine Kräfte, ich gab auf. Nicht mal der kleinste Strich ihrer Augenbemalung hatte sich verändert. ❄ Sprich, Ärger, sprich, damit ich allen Dreck aus meinem Gemüt hinausfege. ❄ Seither habe ich Zuflucht genommen zur Sturztrunkenheit, zitternde Engelsfinger, Staub in der Stimme, gezielte Übungen in Boshaftigkeit, immer gereizt, Annäherung an einen Körper, dem sich die Knochen bald durch die Haut stoßen werden. ❄ Wurde schon erwähnt, daß mein Freund Jim immer eine elektrische Heizdecke mit sich führte, der große Jim Morrison Nacht für Nacht auf Muttersuche unter einem elektrischen Heizdeckchen, Bottleneck, brandneuer Fender Rhodes-Keybordbaß, die dreckigsten Orgeltöne der Westküste und abends das Heizdeckchen. ❄ Kein Heizdeckchen der Welt hätte die Kraft gehabt, den erkalteten Leib meiner Joey ins Leben zurückzuwärmen. Schnee war schon eifrig bestrebt, sie zuzuwehen, taube, hektische Minuten, Gefuchtel und kein letztes Wort. Der Schneeleib plötzlich so schwer, so fremd. Laufe jetzt weg von diesem Schauplatz, an dem ich mit Joey auf den Knien als weiß bestäubte Pietà am Straßenrand hocke, während die Kiefer ungut mahlen. Lautloses Knirschen statt einer Totenklage, die Gedanken in unverhinderten Geschäften dahin und dorthin, nein, nicht fromm, und kein vertieftes Anschauungsverhalten, sondern kleine Freude, wie akkurat die Autohandschuhe an den Fingerkuppen sitzen. Ralphi-Darling unversehens allein auf der Via Mala, während der Tannenwald nickt. ❄ Endlosecho am Kältepol, eine sternförmig leuchtende Les Paul am Himmel. Eintritt ins Reich der Wiedergänger, trotzige Unempfindlichkeit des Ertappten. Ave, Ahh wehh, mein persönliches Totenbuch bleibt fortan zugeschlagen und wird nicht weiter ergänzt. ❄ Es schreibt der Chronist keine leserliche Hand mehr, ihm fehlten Wille und Potenz, seine Geliebte aus dem Totenreich herauszutrauern. Er hatte die Gelegenheit dazu. Geh, sagte die Eule, nimm sie mit, halte sie fest mit dem einen Arm, mit dem anderen dreh die Schraube raus, dann spring mit ihr ins Loch. Hinter der Schleuse wird alles anders, alles gut. ❄ Nichts wurde gut, weil ich Joey losließ und mit beiden Händen nach der Schraube faßte. Denke ich daran, wie ich Joey im Leeren schlotternd zurückließ, ertönt ein boshaftes Zwitschern, Eulenkükenzwitschern übergehend in Gesumm, Gesumm, wie's aus japanischen Automatenhöllen auf die Straße dringt.

Alle Frösche haben ausgegeckt. Doch muss die Rechnung nicht so genau alle Minuten treffen.

Wo steht geschrieben, daß man seine Geliebte immer um sich haben muß. Danke, ich verzichte fürs erste. Eine Geliebte ist dazu da, daß man sie zur rechten Zeit wieder ablegt. Erbitte eine Pause, in der ich mich auf den Lauf der Natur verlasse, die alles säubert und mich in ländliche Schneeruhe hüllt. Unter der Flockenbrause bekomme ich den Kopf frisch aus dem Ei wie ein Vogel, kriege ein neues Leben, frisch und saftig. Nur wer aus frisch gefüllten Saftkammern besteht, kann auf ein Jenseits hoffen, wo es mit ihm weitergeht fort und fort ohne verwirrende Liebespein. Neben einem Saftmenschen gehen die Toten ganz unbeschwert her, eine heitere Knochenherde, die auf Zuruf klappert, auf Zuruf verschwindet. So ein hochprozentiger Saftmensch ist giftfest, seine Toten faseln nicht von Leberzellverfettung und Entmarkungsherden im Brückenfuß. In seinem Gliastrauchwerk hocken lauter Verkündigungsengel, erzeugen Vibrationen in Gold, Rotgold, Grüngold, Violettgold und lassen es ordentlich rauschen. *Time passes, listen!* Die Schöpfung ist offen und will erhört werden.

Er nun gehe hin und ruhe! Er wird zu seinem Erbteil erstehen am Ende der Tage.

Eine Schar Männer, meine versammelte Erbmannschaft, begleitet mich durch die Königstraße. Wir marschieren ruhig, wollen niemanden herausfordern. MacCruiskeen und Pluck bilden meine Eskorte, vor mir gehen Jack, der kleine Knopp, Jean-François, und der undeutliche Weidlich, in lockerer Formation daneben und dahinter Wir-verloren-Ditzie und Hat-uns-für-immer-verlassen-Demetrios, Wurde-mir-entrissen-Vati, Ist-für-immer-von-uns-gegangen-Rezzo, auch die Herren Reichert und Bosch ❄ beide entschlafen ❄ ebenso Verschied-Benn, Entschlummerte-Schuricke, Ging-zu-einem-höheren-Leben-ein-Gundolf und Antwortet-dem-de-profundis-Sange-George, auch Wurden-aus-unserer-Mitte-gerissen-Grzimek-und-Kaempfert, und natürlich die ruhigen Ewigkeitsschläfer Goethe, Herbert, Schneider, Heidegger, auch Rosenschläfer Rilke lässigen Schrittes, Ist-in-Frieden-heimgegangen-Kant, auch Heimgegangen-Müller (Wilhelm) und Hat-sein-Daseyn-zu-Ende-gebracht-Dannecker, wie auch Fügte-sich-Gottes-Ratschluß-Linné, Hat-Gott-zu-sich-genommen-Hill und Hat-Gott-an-sich-gerissen-Strindberg mit seinem in Stein gemeißelten Schlachtruf *O Crux Ave Spes Unica!* sowie andere zu höherem Leben eingegangene Fremdländer, Kellerschleicher Eliot, Nachtbegleiter Thomas und Nachtbegleiter Burton, nicht zu vergessen mein frecher Freund Michaux. Von hinten treibt Luther, im Tod so energisch wie im Leben, unsere Schar vor sich her. ❄ Warum wir auf die Gesellschaft des letzten Königs von Württemberg verzichten müssen, obwohl die Königstraße zu ihm gehört wie zu sonst keinem, ist leicht zu verstehen: Der Mann ist zu beschäftigt, in tiefster Nacht noch immer damit beschäftigt, von Briefumschlägen selbst die geläufigsten Marken auszuschneiden, sie in Wasser zu lösen, zu trocknen und in Bündelchen schön geordnet an ein Wesen abzuliefern, das er für einen Abgesandten der Städtischen Brockensammlung hält. Auch andere, die wir gerne dabei gehabt hätten, sind zu beschäftigt. Auf die Gesellschaft der beiden Arschlöcher Hier-ruhen-die-ehrsamen-Gatten-Murr und Antwort-aus-Zelle-Sieben-Hess legt niemand von uns Wert. ❄ Auf Frauen wird in unserer Mannschaft ebenfalls verzichtet. Wir schließen aber nicht aus, daß Mama uns begleitet, über unseren Köpfen dahinfliegt, wie sie es immer tat, besorgt um die Herzensbildung unserer Schar, und damit wir ja nicht auf die Idee kommen, weitere Schnäpse zu kippen. ❄ Joey? ❄ Ach was, Joey hat hier nichts verloren. Meine Männer verspüren Zorn in ihren gewesenen Eiern, sobald ihr Name fällt. Rücken an Rücken werden wir uns zusammenschließen, sollte sie es wagen, bei uns aufzukreuzen. ❄ Joey kümmert sich nicht um seine Reden, geschweige denn um die Mannschaft, die er zu seinem Schutz versammelt haben will. Großzügig wie eh und je läßt sie Küsse über sein Gesicht rieseln; auf Stirn, Wangen, Nase, Mund Flocke um Flocke ein überaus irdischer Kuß nach dem andern.

Fühle mich plötzlich so durchleuchtet und erwärmt, rein und harmonisch will mir alles erscheinen. Spatzen picken im Schnee, vielleicht steht mein Haar in die Höh. ❄ Und wohl zum ersten Mal bei solcher Beleuchtung sehe ich das junge Gebäude am Kleinen

Schloßplatz schweben. Edler Solitär, zu eitel heller Freude entzündet und fürs gemeine Publikum noch nicht frei gegeben. Auch diese Architektur begehrt Gott zu erreichen, zumindest bei Dunkelheit. Sehe die Flocken in windschiefen Formationen vor der Fassade herabtrudeln, sandfarbener Fels hinter Glas, das muß ein kostbarer Stein sein, der Schutz braucht, nicht der bekannte Jurakalkstein aus Solnhofen. Womöglich wurde er am Sinai gebrochen, und Wüstenpropheten haben eine Urfassung der Heiligen Schrift hineingeritzt, daher die magische Wirkung. Sehe Heerscharen von gewesenen Stuttgartern den Würfel umfliegen, sehe sie auf den Umgängen wandeln und auf dem Dach mit Flocken spielen, sehe, wie sie sich mit transsubstantiierten Händchen festmachen an der Glashaut, sehe sie übermütig turnen und sich wie erlauchte Peripathetiker auf den Brüstungen ergehen, sehe sie in allen Totenposen, den albernen, den erhabenen, den leichten. Joseph von Arimathia läßt ein großes Schneetuch vom Dach herunterfallen, das knattert in alle Welt, doch das Tuch ist leer. Menschensohn hat sich als Gott entdeckt, leb wohl mein Jesus, auch du bist in leichtere Materie eingegangen, bist aus dem Fleisch gefallen und rips raps ins Sittliche hinaufgestürzt, wohin man dir nur schwer folgen kann, auch wenn du ansteckende Beispiele die Menge gabst.

Glaube ist eine verwegene Zuversicht auf Gottes Gnade. Solche Zuversicht macht fröhlich, trotzig und lüstig gegen Gott und alle Creaturn.

Schon genug Schnee da, daß man ihn wegkicken kann, fällt jetzt immer hurtiger in immer kleineren Flocken. ❄ Hier ist der für mich maßgebliche Teil der Königstraße zuende. Meine persönliche Desolation Row führt zu keinem Hafen, kennt weder Meer noch Wüste, aber in begnadeten Momenten Schnee, der das Herz betört und für die Liebe öffnet. Horch, die Geräusche werden immer leiser, nein, noch nicht fledermausleis. Wenn's ernst wird, lispelt Gott mit der Stimme eines winzigen Mädchens: *Mein Frühling soll dein Winter sein*. Aber es ist ja noch früh, viel zu früh, um mich in den Schnee zu stoßen, verschieben wir's und warten bitte einen andern Schneefall ab. ❄ Schneeflocken werden gewiß auch in den Neckar fallen und sofort von ihm geschluckt, von dunklen Wellen geschluckt, da jetzt im April keine Eisschollen auf ihm treiben. ❄ Der moderne

Neckar mit seinem künstlichen Bett bedeutet niemandem etwas. Man lebt in Stuttgart vollkommen neckarabgewandt, sucht den Neckar nur in Gedichten. In seltenen Fällen zeigt er sich in Träumen, wo er das Kolorit des Styx annimmt. ❄ Selbst Hölderlin, der doch keinerlei Grund gehabt haben kann, sich über den Neckar zu beklagen, scheint nicht ganz zufrieden mit ihm gewesen zu sein. Wohl wahr: *wie Leben aus dem Freudenbecher, glänzte die bläuliche Silberwelle.* Aber des Dichters Auge entflieht alsbald zu den griechischen Inseln, als habe es am Neckar nicht genug, wenn es auch am Schluß zu des Neckars *lieblichen Wiesen und Uferweiden* zurückkehrt. Überhaupt hat Hölderlin versäumt, Paradiesluft zu wittern über den Hügeln Stuttgarts, den damals mit Fug und Recht herrlich zu nennenden. Trotz allen Lobes, trotz aller Einkehr mußte die so wohl zwischen Wald und Reben gebettete Stadt vergriechischt werden. ❄ Jetzt heißt's, eine Drehung von 320 Grad machen und das eigentliche Ziel ansteuern. Feuchtigkeit kriecht den Nacken runter, es ist einfach nicht kalt genug, um trocken durch den Schnee zu kommen. ❄ Wundersame Gehstille, hier findet man nur noch Gespenster. Kein Mensch mehr auf der Straße, die Gevierte hinter der Taxisäule beschneit und ohne Wagen. Mit einem einzigen Fahrgast wartet ein erleuchteter Bus am Halteplatz, sein Fahrer hat den Kopf über der Zeitung. ❄ Wie ein Kind – Kind, das ich nie war, um bei der Wahrheit zu bleiben – freue ich mich auf den Fröhlich, sehe mich schon den Schnee aus den Rillen der Sohlen klopfen, die paar Stufen im Eingangskasten hochsteigen und darin meinen Mantel ausschütteln. Sehe mich die Klinke niederdrücken und ja, da wäre ich, Peha-Ralphi mit all seinen Säften und Kräften ist wieder da und freut sich an der Wärme des Fröhlich. Ordentlich hängt er seinen Mantel auf und legt sich das feuchte Haar zurecht wie ein Altstadtstrizzi, der vor kurzem ins Altherrenfach gewechselt ist. Sein Jenseitsberater sitzt im angestammten Eck, wo er wartet und winkt. Und dann wollen wir mal mit der Prozedur des Hinsetzens beginnen, als kämen wir gerade von einer Weltreise zurück und müßten uns an die alte Umgebung erst gewöhnen.

Wie der Glaube zappelt und kämpft! Christus ist durch den Vorhang gegangen zu Gott.

Natürlich wird's eine Weile dauern, bis wir richtig in Fahrt kommen und die Levitationen beginnen. Stark wird aber rasch begreifen, daß wir uns heute auf Jesus konzentrieren müssen. Er wird wissen wollen, was es mit der Kreuzschlitzschraube auf sich hat und warum Jesus sich selbst erst durchs Loch winden mußte, um derart ansteckend lachen zu können. Sehe meinen braven Stark schon rechnen, rechnen, rechnen. Endsummenspiele auf Bierdeckeln sind ja sein Lieblingssport. Und er wird ganz wild werden, wenn er von der einen mutigen Dichterseele hört, die sich aus der Schar der Toten löste und ins Loch rief: Im Ganzen sei zwar nicht mehr viel an ihr dran, aber wenn Jesus *mit einem Tropfen Fett und einem Faden Muskel* vorlieb nehmen wolle, bitte, sei sie bereit –

So sehr ihm Geschichten behagen, die mit *es war einmal* beginnen, so wenig ist das Große Totenohr darauf erpicht, daß am Ende gestorben wird. An den Massen der habhaften Toten, um deren Gehöre es sich ständig erweitert, hat es genug und verlangt nicht nach Zuwachs von erfundenen.

Die Geschichte vom Mann, der seine Toten immer um sich hat, endet fröhlich. Wer will, kann ihm jetzt dabei zusehen, wie er die Stufen zu seinem geliebten Weinhaus hinaufsteigt, wie er nach Altherrenart ablegt und mit steifen Fingern nach dem Aufhänger sucht, um den Mantel am Garderobenhaken zu versorgen, wie er noch einmal mit der Hand über den beperlten Stoff streicht, aus der Tasche ein Tuch zieht und sich das Gesicht damit abtupft, wie er sich nach dem Jenseitsberater im Eck umsieht, der ihm ein Bier zum Wohl entgegenhebt, wie plötzlich Leben in ihn kommt, er sich die Hände reibt und vergnügt nach der Kellnerin umdreht, die ein Schatz ist.

Wer ihm beim Hinsetzen genau zusieht, wird sich wundern, daß er seinen Leib als so kostbaren Gegenstand behandelt. Vielleicht wundert er sich auch, wieviel Charme und Schmelz in dem Mann stecken. Widerstehe, wer kann, diesem Grinsen und dem liebenswürdigen Schlawinerblick, den er auflegt, während er sich von seinem Freund Stark das Neueste entlocken läßt.

Bibliographische Information Der Deutschen Bibliothek
Die Deutsche Bibliothek verzeichnet diese Publikation
in der Deutschen Nationalbibliographie; detaillierte
bibliographische Daten sind im Internet über
http://dnb.ddb.de abrufbar.

Diese Ausgabe wurde auf chlor- und säurefrei gebleichtem,
alterungsbeständigem Papier gedruckt.

1. Auflage

Gesetzt aus der Stempel Garamond
Druck und Bindung: Clausen & Bosse, Leck
Printed in Germany
ISBN 10: 3-421-05596-3
ISBN 13: 978-3-421-05596-5

www.dva.de